27-9-21

COLLECTION FOLIO

Ray Bradbury

Meurtres en douceur

et autres nouvelles

Traduit de l'américain par Hélène Collon

Denoël

Ces nouvelles sont extraites de
… mais à part ça tout va très bien (Folio n° 3182).

Né en 1920 dans l'Illinois, Raymond Douglas Bradbury a raconté son enfance, sous une forme déguisée, dans *Le Vin de l'été*. Découvrant Edgar Allan Poe, Jules Verne, Edgar Burroughs, les premières bandes dessinées de science-fiction, les films d'horreur, il décide très tôt de devenir écrivain et fonde dès l'âge de 14 ans un magazine amateur pour publier ses textes. Malgré quelques nouvelles fantastiques parues dans des supports spécialisés, son style poétique ne rencontre le succès qu'à la fin des années quarante, avec la parution d'une série de nouvelles oniriques et mélancoliques, plus tard réunies sous le titre de *Chroniques martiennes*. Publié en 1953, *Fahrenheit 451* assoit la réputation mondiale de l'auteur, et sera adapté au cinéma par François Truffaut. Bradbury abordera également d'autre genres, ainsi le roman policier avec *La solitude est un cercueil de verre*, le fantastique avec *L'homme illustré*, et d'autres domaines, en transposant *Moby Dick* au cinéma avec John Huston, et en écrivant des scénarios pour la mythique série télé *La Quatrième Dimension*.

Développant des thèmes volontiers antiscientifiques, Bradbury s'est attiré les éloges d'une critique et d'un public non spécialisé, sensibles à ses visions nostalgiques et à sa prose accessible.

Découvrez, lisez ou relisez les livres de Ray Bradbury :

LA SOLITUDE EST UN CERCUEIL DE VERRE (Folio n° 2281)

LE FANTÔME D'HOLLYWOOD (Folio n° 2566)

LA BALEINE DE DUBLIN (Folio n° 2691)

... MAIS À PART ÇA TOUT VA BIEN (Folio n° 3182)

FAHRENHEIT 451 (Folio SF n° 3)

CHRONIQUES MARTIENNES (Folio SF n° 45)

TRAIN DE NUIT POUR BABYLONE (Folio n° 3572)

L'HOMME ILLUSTRÉ (Folio SF n° 218 et Folio Bilingue n° 169)

DE LA POUSSIÈRE À LA CHAIR (Folio SF n° 251)

LA FOIRE DES TÉNÈBRES (Folio SF n° 262)

LES MACHINES À BONHEUR (Folio SF n° 312)

LES POMMES D'OR DU SOLEIL (Folio SF n° 401)

LE MEILLEUR DES MONDES POSSIBLES et autres nouvelles (Folio 2€ n° 5062)

UNTERDERSEABOAT DOKTOR

L'extraordinaire arriva lors de ma troisième séance chez Gustav Von Seyfertitz, mon psychanalyste venu d'ailleurs.

J'aurais dû prévoir l'étrange explosion.

Cet aliéniste, qui venait *vraiment* d'ailleurs, portait tout de même le nom — quelle coïncidence ! — de l'acteur aquilin, grand, mince, menaçant et pour toutes ces raisons séduisant, qui jouait le rôle du grand prêtre dans *La Source du feu*[1].

Dans ce film de 1935, le méchant magnifique agitait des doigts littéralement décharnés, vociférait des injures, en appelait aux flammes sulfureuses, massacrait les esclaves et n'était pas avare de tremblements de terre.

Après quoi, « mis en disponibilité », comme on dit, on put le voir dans les tramways d'Hollywood Boulevard, impassible comme la momie, muet comme un poteau téléphonique déconnecté.

1. *She*, Irving Pichel (U.S.A.), d'après Rider Haggard. *(N.d.T.)*

Où en étais-je ? Ah, oui !

C'était donc ma troisième séance chez ce psychiatre. Ce jour-là, il m'avait appelé. « Douglas, sale individu, il serait temps de faire un petit séjour sur votre lit de douleurs ! »

Naturellement, il entendait par là le divan matelassé de tortures et d'humiliations où je souffrais mille morts, en proie aux affres de la prétendue culpabilité juive, tout aussi fatale chez un baptiste du Nord, tandis qu'il marmonnait de temps à autre : « Complètement cinglé, ce que vous me racontez », ou : « Si vous osez refaire une chose pareille, je vous tue ! »

Vous pouvez le constater, Gustav Von Seyfertitz était du genre peu banal, pour un démineur. Oui, oui, un démineur. Car le problème, chez nous, ce sont les mines que nous avons dans la tête. Ce qu'il faut, c'est *marcher dessus !* Un jour qu'il cherchait l'expression idoine, il a appelé cela la « thérapie-troupes de choc ».

« Le *blitzkrieg ?* ai-je alors suggéré.

— *Ja ! »* Il m'a gratifié de son sourire de requin. « Exactement ! »

Je l'ai dit, c'était la troisième fois que je me retrouvais dans son étrange cabinet, qui revêtait un certain aspect métallique et dont la porte arrondie arborait un jeu de verrous non moins surprenant. Tout à coup, comme je divaguais en eaux troubles, j'ai entendu son épine dorsale se raidir derrière moi. Il a lâché un formidable râle d'agonie, aspiré une grande goulée d'air, puis expulsé celle-ci en même temps qu'un grand cri qui a fait friser et blanchir mes cheveux.

« Plongez ! Plongez ! »

J'ai plongé.

Pendant que le cabinet allait entrer en collision avec quelque iceberg titanesque, je me suis laissé tomber par terre avant de me faufiler rapidement sous le divan aux pieds chantournés.

« Plongez ! a crié le vieux monsieur.

— Plonger ? » ai-je soufflé en risquant un regard.

Alors j'ai vu un périscope de sous-marin, tout en cuivre poli, réintégrer le plafond.

Gustav Von Seyfertitz était debout ; feignant de ne pas me voir — non plus que le divan au cuir huilé par la transpiration, ou la machine de cuivre à l'instant disparue —, il est allé très calmement, façon Conrad Veidt dans *Casablanca* ou Erich Von Stroheim dans *Boulevard du crépuscule*...

... allumer une cigarette et laisser deux plumets de fumée dragonesques s'inscrire (ou inscrire ses initiales ?) dans l'air.

« Vous disiez ? a-t-il demandé.

— Non, ai-je répliqué sans me relever. *Vous* disiez ? Plonger ?

— Je n'ai rien dit de tel, a-t-il ronronné.

— Je vous demande bien pardon, mais vous avez très clairement prononcé le mot "Plongez" !

— Impossible. » Il a exhumé deux nouveaux plumets dragonesques et enroulés. « Vous avez des hallucinations. Pourquoi regardez-vous fixement le plafond ?

— Parce que, dis-je, à moins d'halluciner encore, il y a là-haut, dans cette valve étanche, trois mètres de périscope allemand, tout en cuivre et de marque Leica !

— Ce garçon est décidément invraisemblable. Non mais, écoute-le ! » a marmotté Von Seyfertitz à l'intention de son *alter ego*, tierce personne constamment présente dans la pièce lorsqu'il officiait. En effet, quand il n'était pas occupé à exhaler son dégoût de moi, il se balançait des apartés. « Et vous avez bu combien de martinis, avant le déjeuner ?

— Pas de ça avec moi, Von Seyfertitz. Je sais faire la différence entre un symbole sexuel et un périscope. Il y a une minute, ce plafond avalait un long tuyau en cuivre, hein ? »

Von Seyfertitz a brièvement consulté sa montre oignon (elle devait bien peser une livre), constaté qu'il me restait trente minutes, soupiré, jeté son mégot par terre avant de l'écraser sous sa botte cirée, puis claqué des talons.

Je ne sais pas si vous avez déjà entendu un pro du golf, Jack Nicklaus par exemple, frapper la balle, mais ça fait un bruit de grenade à main !

Eh bien, c'est tout à fait l'impression que m'ont donnée les bottes de mon ami germain tandis qu'il se mettait au garde-à-vous.

Crrrack !

« Gustav Mannerheim Auschlitz Von Seyfertitz, baron Woldstein, pour vous servir ! » Puis, un ton plus bas : « Commandant d'Unterderseaboat. »

Je m'attendais qu'il se présente comme médecin de bord — « Doktor ». Mais non, il avait bel et bien dit *commandant !*

Je me suis relevé précipitamment.

Nouveau « crrrack », puis…

Le périscope est tranquillement redescendu du plafond ; le plus beau cigare freudien qu'il m'ait jamais été donné de voir.

« Non ! me suis-je à demi étranglé.

— Vous ai-je jamais menti ?

— Bien souvent !

— Bon, a-t-il répliqué en haussant les épaules, mais ce n'était pas sérieux. »

Il s'est rapproché du périscope ; il a rabattu deux poignées, promptement fermé un œil et rageusement appliqué l'autre à l'œilleton. Puis il a fait tourner le périscope et visé la pièce, puis le divan, puis moi.

« Feu ! » a-t-il ordonné.

J'ai cru entendre une torpille quitter son logement.

« Feu ! »

Une seconde bombe, aussi silencieuse qu'invisible, a entamé son périple vers l'infini.

Touché par le milieu, j'ai chaviré sur le divan.

« Vous, vous…, ai-je proféré dans mon égarement. Cette chose !… » J'ai indiqué la machine de cuivre. « Et ça ! » Cette fois, j'ai effleuré le divan. « *Pourquoi ?*

— Asseyez-vous, m'a intimé Von Seyfertitz.

— Je suis déjà assis.

— Alors allongez-vous.

— J'aimerais mieux pas », ai-je répondu, mal à mon aise.

Il a manœuvré le périscope de telle façon que sa lentille supérieure, inclinée sur le côté, m'enveloppait d'un regard furieux. La froideur du verre lui conférait une ressemblance dérangeante avec le farouche regard d'aigle de Von Seyfertitz.

Ce dernier, derrière le périscope, donna de la voix.

« Ainsi, vous voulez savoir, hein, comment Gustav Von Seyfertitz, baron Woldstein, a supporté de quitter les profondeurs glaciales des océans, de dire, en mer du Nord, adieu à son bien-aimé vaisseau, de fuir sa patrie anéantie et vaincue, pour devenir *Doktor* d'Unterderseaboat…

— Ma foi, maintenant que vous m'en parlez…

— Je ne *parle* pas, monsieur, je déclare ! Et mes déclarations sont autant d'ordres lancés aux combattants de la mer.

— J'avais remarqué…

— Taisez-vous, adossez-vous et…

— Pas pour l'instant », ai-je dit dans mon malaise.

Ses talons claquèrent et sa main se coula telle une araignée dans la poche de sa veste, d'où elle sortit un quatrième œil ; celui-ci, à son tour, ne tarda pas à me clouer sur place : c'était un monocle fin et lumineux qu'il vissa sur son globe oculaire comme on décapite un œuf à la coque. J'ai fait la grimace. L'objet faisait désormais partie intégrante de son regard et me considérait avec force feu froid.

« Pourquoi le monocle ? lui ai-je demandé.

— Imbécile ! Mais pour boucher mon œil *valide* afin que ni l'un ni l'autre de mes yeux n'y voie et que mon intuition, elle, soit libre de fonctionner !

— Je vois. »

Sur ce, il s'est lancé dans un grand monologue. Je me suis peu à peu rendu compte que le besoin de raconter son histoire était réprimé, encapsulé depuis des années ; il a continué à discourir interminablement, comme si je n'étais pas là.

Et c'est durant ce monologue qu'un curieux événement s'est produit. Je me suis levé lentement, regardant toujours Herr Doktor Von Seyfertitz tourner en rond tandis que son long et fin cigare imprimait dans l'air des cumulus de fumée qu'il déchiffrait tels des tests de Rorschach.

Chaque pas fermement planté s'accompagnait d'un mot puis d'un autre, le tout formant une espèce de grammaire ambulatoire et pondérée. De temps en temps il s'immobilisait, une jambe levée, avec, figé dans sa bouche, un mot qu'il retournait sur sa langue aux fins d'examen. Puis sa botte s'abattait et le substantif franchissait ses lèvres sans effort, suivi par un verbe et un complément d'objet venus à point nommé.

Jusqu'à ce que, à force de circuler, je me retrouve assis dans un fauteuil, sans songer à cacher mon ébahissement — car j'avais sous les yeux :

Herr Doktor Von Seyfertitz étendu sur son propre divan, ses longs doigts en pattes d'araignée entrecroisés sur sa poitrine.

« Ça n'a pas été facile, vous savez, de mettre

pied à terre, disait-il avec sa façon toute germanique d'exagérer les sibilantes. Certains jours, j'étais une méduse — pétrifié. À d'autres moments, j'étais ces pieuvres rejetées sur le rivage, au moins pour les tentacules, voire langouste réaspirée dans mon crâne. Mais au fil des ans, je me suis érigé une épine dorsale, et aujourd'hui je marche parmi les hommes de la terre ferme ; j'ai survécu. »

Il a marqué une pause, le temps de prendre une inspiration saccadée. Puis :

« J'ai procédé par étapes, passant des profondeurs au hangar à bateaux, au bungalow sur les docks, à la tente de plage, avant de me replier sur un canal traversant une ville et de m'installer enfin à New York, qui est tout de même une île, n'est-ce pas ? Cela ne m'empêchait pas de me demander où l'on y trouvait une place, du travail, l'amour de sa vie et le lieu de sa folle activité future quand on était commandant de sous-marin.

« C'est alors qu'un après-midi, dans un immeuble équipé du plus long ascenseur au monde, la révélation m'a frappé de plein fouet, comme une grenade à main. Je descendais toujours plus bas, toujours plus bas, autour de moi les gens s'écrasaient les uns contre les autres, les numéros décroissaient et les étages défilaient à toute allure derrière le verre des cloisons, hop, aussitôt disparus, hop, conscient, inconscient, ça, moi, surmoi, la vie, la mort, le désir, tuer, le désir, l'obscurité, la lumière, la chute, la descente, quatre-vingt-dix pieds, quatre-vingts, cinquante, les grands fonds, les hauteurs de l'ivresse, le ça, le moi, le ça, et, tout à coup, de ma gorge à vif a surgi ce formidable cri de consentement total, maniaque et paniqué à la fois :

« “Plongez ! Plongez !”

— Je me souviens, fis-je.

— “Plongez !” J'ai crié si fort que, sous le choc, les autres passagers ont joyeusement mouillé leur culotte. C'est au milieu de visages éberlués que je suis sorti de l'ascenseur pour découvrir un seizième de pouce de pipi par terre. “Bonne journée !” me suis-je exclamé, ravi de cette autorévélation. Sur quoi je me suis empressé d'embrasser la carrière libérale, j'ai accroché d'abord ma plaque, puis le périscope prélevé des années plus tôt dans mon Unterderseaboat mutilé, dépouillé, castré. Comment n'avais-je pas vu mon avenir de psychologue et ma décadence finale par l'intermédiaire de mon bel artefact, cet appareil génital tout de cuivre paré, fait pour la spéculation ès psychoses, le Périscope de Von Seyfertitz !

— Quelle histoire ! ai-je remarqué.

— Vous pouvez le dire », a répliqué l'aliéniste, les paupières closes. « Et plus qu'à moitié véridique, avec ça ! Vous l'avez entendue. Qu'en avez-vous appris ?

— Que les commandants de sous-marins devraient plus souvent devenir psychiatres.

— Ah oui ? Je me suis demandé plus d'une fois : Nemo a-t-il vraiment péri quand son sous-marin a coulé ? S'il s'était enfui, pour devenir ensuite mon grand-père, ses bactéries psychologiques se sont peut-être transmises jusqu'à moi ; dans ce cas, à ma venue au monde j'avais déjà en tête de commander aux mécanismes fantomatiques peuplant les grands fonds agités, de régenter, montre en main et en cinquante minutes, le numéro burlesque auquel on se livre dans cette triste et psychotique cité. »

Je suis allé poser la main sur le fabuleux symbole en cuivre qui pendait au centre du plafond telle une stalactite scientifique.

« Puis-je regarder dedans ?

— À votre place, je m'en abstiendrais. » Tout enveloppé dans les brumes épaisses de l'abattement, c'est à peine s'il m'avait prêté attention.

« Ce n'est qu'un périscope…

— Mais parfois, un cigare n'est qu'un cigare. »

Je me suis remémoré la citation de Freud. J'ai ri et à nouveau effleuré le périscope.

« Ne faites pas ça ! est-il intervenu.

— Pourquoi ? Vous ne vous en servez pas *vraiment*, si ? Pour vous, ce n'est qu'un témoin du passé, un souvenir de votre dernier sous-marin, hm ?

— Vous croyez ça ? » Un soupir. « Regardez dedans, alors. »

J'ai hésité, puis collé mon œil à l'oculaire, fermé l'autre et poussé une exclamation.

« Ciel !

— Je vous avais prévenu. »

Car *ils* étaient bien là.

Eux, les cauchemars, en nombre suffisant pour meubler mille écrans de cinéma. Assez de fantômes pour hanter dix mille murailles de château. Assez de paniques pour ébranler quarante villes et n'en laisser que des décombres.

Ciel, ai-je songé. *Il pourrait en vendre les droits dans le monde entier !*

Pensez, le premier psychokaléidoscope de l'histoire !

Aussitôt une autre idée m'est venue. Qu'est-ce qui venait de moi dans tout ça ? Qu'est-ce qui venait de Von Seyfertitz ? À moins que nous y ayons tous deux contribué. Ces formes étranges, étaient-ce les égarements de mes mauvais rêves éveillés, éternués ici ces dernières semaines ? Quand je parlais, les yeux clos, ma bouche expulsait-elle d'invisibles geysers de créatures infimes qui, une fois prisonnières du périscope et de ses espaces intérieurs, se mettaient à grandir hors de toutes proportions ? Comme ces microphotographies des germes qui se cachent dans les sourcils et les pores de la peau, et qui, une fois agrandis, deviennent des éléphants sur la couverture du *Scientific American ?* Ces images appartiennent-elles à d'autres âmes en peine piégées sur ce même divan et capturées par la mécanique sous-marine, ou bien faut-il y voir le résidu de mes cils à moi, de ma propre psyché ?

« Cette chose vaut des millions ! me suis-je écrié. Savez-vous ce que c'est, au moins ?

— Araignées accumulées, lézards venimeux, voyages dans la Lune sans ailes de gaze, iguanes, crapauds crachés par des sœurs malveillantes, diamants tombés d'une oreille de bonne fée, filigranes balinais dansant malgré l'infirmité, marionnettes tout droit sorties du grenier de Gepetto, figurines de garçonnets urinant du vin blanc, figures imposées de trapézistes pornographiques, figures obscènes en ombres projetées, visages de clowns malfaisants, gargouilles qui parlent quand il pleut et chuchotent quand le vent se lève, poubelles de sous-sol pleines de miel empoisonné, libellules cousant tous les orifices des adolescents pour qu'ils restent propres jusqu'à dix-huit ans, âge auquel ils arrachent eux-mêmes leurs sutures. Donjons peuplés de sorcières démentes, mansardes avec momies en guise de bois de charpente… »

Sur quoi il se retrouva à court d'inspiration.

« Enfin, vous voyez le genre.

— Balivernes, ai-je commenté. Vous vous ennuyez, voilà tout. Je peux vous faire signer un contrat de cinq millions avec une major, genre Délire & Co. Et puis, tiens, avec les croisières Sigmund F. On partagerait en trois !

— Vous n'y êtes pas, a rétorqué Von Seyfertitz. Je m'affaire, je m'active pour ne plus repenser à tous les gens que j'ai torpillés, coulés, noyés au milieu de l'Atlantique en 1944. Je n'ai rien à voir avec le délire cinématographique. Je souhaite seulement m'occuper à rogner les ongles, curer les oreilles et effacer les taches d'encre, notamment chez les vieux timbrés dans votre genre. Si je m'arrête, je me décompose. Ce périscope contient tout, mais alors tout ce que j'ai vu et appris en observant, quarante années durant, tous les fêlés, les timbrés, les cinglés qui me passaient entre les mains. En les scrutant, je perds ma triste existence, elle-même perdue au fond des flots. Si vous gagniez mon périscope à l'issue d'un strip-poker minable et véreux façon Hollywood, je coulerais plutôt trois fois qu'une dans mon lit à eau, et on ne me reverrait plus. Est-ce que je vous ai montré mon lit à eau ? Grand comme trois piscines. Toutes les nuits, en dormant, j'y boucle quatre-vingts longueurs. Quarante pendant la sieste, certains jours. Donc, la réponse à votre multimillionnaire proposition est : non. »

Là-dessus, il a frémi de la tête aux pieds. Ses mains se sont resserrées sur son cœur.

« Mon Dieu ! » s'est-il exclamé.

Trop tard ! Il venait de comprendre qu'il m'avait ouvert la porte de sa tête, de sa vie. Il a bondi sur ses pieds et est allé se tenir entre moi et le périscope en nous regardant alternativement, lui et moi, comme si nous étions tous deux des visions d'horreur.

« Vous n'avez rien vu là-dedans ! Rien de rien !

— Mais si !

— Vous mentez ! Vous êtes même un sacré menteur ! Vous vous rendez compte de ce qui se passerait si le bruit se répandait, si vous vous mettiez à porter des accusations à droite et à gauche !

« Mon Dieu ! poursuivit-il sur le mode erratique. Si cela venait à se savoir, si on racontait que... » Les mots engluèrent sa bouche comme s'il goûtait l'amère saveur de la vérité, comme s'il me voyait pour la première fois et que j'étais un canon mis à feu devant son nez. « On se moquerait tellement de moi que… que je serais obligé de mettre la clef sous la porte. C'est d'un grotesque, vraiment… Hé, mais attendez un peu, vous ! »

On aurait dit tout à coup qu'il avait enfilé un masque de démon. Ses yeux se sont écarquillés. Sa bouche s'est entrouverte.

J'ai lu le meurtre sur son visage. Je me suis discrètement dirigé vers la sortie.

« Vous n'allez pas parler de ça autour de vous, au moins ? s'est-il enquis.

— Mais non.

— Comment pouvez-vous tout savoir de moi, subitement ?

— Mais c'est vous qui m'avez tout dit !

— C'est vrai », reconnut-il, hébété, en cherchant du regard une arme pour se défendre. « Attendez.

— Si ça ne vous fait rien, j'aimerais mieux pas. »

Sur ces derniers mots j'ai pris mes jambes à mon cou.

« Revenez ! » a crié Von Seyfertitz dans mon dos, une fois que j'ai eu atteint l'entrée. « Il faut que je vous tue, maintenant !

— C'est bien ce que je craignais ! »

J'ai atteint l'ascenseur avant lui et, par miracle, les portes de la cabine se sont ouvertes toutes grandes dès que j'ai abattu mon poing sur le bouton. J'y suis entré sans demander mon reste.

« Vous pourriez dire au revoir ! » a vociféré Von Seyfertitz en brandissant le poing comme s'il s'apprêtait à lancer une bombe.

Je ne l'ai pas revu d'un an. Entre-temps, j'ai fait

à mes amis, lors de maints dîners en ville, et parfois à de parfaits inconnus, le récit non dénué de culpabilité de ma collision avec un commandant de sous-marin devenu phrénologue (ce sont des gens qui vous tâtent le crâne comme on tâterait un porte-feuille).

Il a suffi que je secoue l'arbre pour que les fruits bien mûrs tombent dans le giron du baron et remplissent son compte en banque du jour au lendemain. Les fêlés, les secoués, les timbrés affluèrent. On se souviendra encore à la fin de ce siècle du Grand Chelem réalisé par Von Seyfertitz : en un seul après-midi cyclonique, toutes les grandes émissions télévisées l'ont reçu à grand renfort d'hyperboles interchangeables, avec un retournement toutes les heures, du positif au négatif et retour au positif. On a eu droit à des jeux vidéo Von Seyfertitz, et des répliques de son sous-marin se sont vendues au musée d'Art moderne ainsi qu'au Smithsonian. Devant la perspective alléchante d'en tirer un demi-million de dollars, il s'est astreint à pondre un mauvais livre qu'il n'a eu aucun mal à placer. Sous forme de reproductions, les animalcules, spectres et autres créatures étranges emprisonnées dans son viseur en cuivre ont bientôt orné des livres animés à colorier, des décalcomanies à appliquer sur la peau et des tampons encreurs cauchemardesques dans les magasins pour enfants dégénérés.

J'espérais que tout cela l'inciterait à passer l'éponge. Mais non.

Un après-midi, un an et un mois plus tard, on a

sonné à ma porte ; sur le seuil, j'ai découvert un Gustav Von Seyfertitz, baron Woldstein, en larmes.

« Que ne vous ai-je tué ce jour-là ! s'est-il lamenté.

— Vous n'avez pas réussi à m'attraper.

— Ah, *ja*, c'est vrai. »

J'ai contemplé ce visage inondé de pluie et ravagé par les larmes.

« Quelqu'un est mort ?

— *Ja, ich.* Je veux dire “je” ; enfin bref, moi, quoi. Vous avez devant vous, gémit-il, une créature souffrant du syndrome de Rumpelstiltskin !

— Euh… Rumpel… ?

— … stiltskin, parfaitement ! Et maintenant, je suis fendu en deux du menton à la braguette. Allez-y, tirez un bon coup sur cette mèche, là, sur mon front. Vous me verrez craquer tout le long de la couture. Ce sera comme d'actionner une fermeture à glissière, mais psychotique : je tomberai par terre, une moitié par-ci, une moitié par-là… deux Herr Doktor Amiral pour le prix d'un. Et quel prix ! Alors, comment savoir qui est le Doktor qui guérit et qui est l'amiral vendu vendeur d'ouvrages à succès ? Un vrai “je” de miroirs ! Sans parler de la fumée ! »

Il s'est interrompu et a regardé autour de lui en se tenant la tête à deux mains.

« Vous voyez la fissure ? Suis-je en train de me rouvrir, de redevenir le marin dément d'antan qui soupire après la richesse et la renommée, passé au tamis entre les mains de dames toquées à la libido rompue ? Les poissons-chats dolents, comme je les appelle ! Tout en prenant leur argent, que je dépense joyeusement. Vous n'imaginez pas l'année que j'ai passée. Ne riez pas.

— Je ne ris pas.

— Au moins, prenez l'air un peu plus réjoui pendant que je termine mon récit. Je peux m'allonger ? C'est un divan, ça ? Trop court. Que voulez-vous que je fasse de mes jambes ?

— Vous n'avez qu'à vous coucher "en amazone". »

Von Seyfertitz s'est donc disposé sur mon canapé en laissant pendre ses jambes d'un côté. « Hm, pas mal. Asseyez-vous derrière moi. Et ne regardez pas par-dessus mon épaule. Détournez les yeux. Pas de sourires ironiques, pas de mines d'enterrement ; je vais sortir la colle-à-fêlés et recoller Rumpel à Stiltskin — tel est le titre de mon prochain ouvrage, Dieu me vienne en aide. Allez rôtir en enfer, vous et votre maudit périscope.

— Ce n'est pas le mien mais le vôtre. Ce jour-là, vous *vouliez* que je le découvre. Sans doute souffliez-vous depuis des années "Plongez, plongez", à moitié endormi, à l'oreille de vos patients. Puis vous n'avez plus pu résister à l'envie de pousser le plus grand cri de tous les temps : "Plongez !" C'était le commandant en vous qui parlait, désireux d'amasser suffisamment de gloire et d'argent pour mettre sur cale toute une parade équestre.

— Ah, comme je vous hais quand vous êtes franc, a murmuré Von Seyfertitz. Je me sens déjà mieux. Combien vous dois-je ? »

Il s'est levé.

« Et maintenant, allons tuer les monstres, au lieu de vous tuer vous.

— Les monstres ?

— À mon cabinet. Enfin, si les aliénés nous laissent passer.

— Ah bon, parce qu'il y a des aliénés dehors maintenant, et plus seulement dedans ?

— Vous ai-je jamais menti ?

— Plus d'une fois. Mais bon, ai-je ajouté, ce n'était pas sérieux.

— Venez », a-t-il conclu.

En sortant de l'ascenseur, nous nous sommes retrouvés confrontés à une file interminable d'adorateurs et de plaideurs. Il devait bien y avoir là soixante-dix personnes échelonnées entre l'ascenseur et la porte du baron, toutes portant sous le bras des livres, de Mme Blavatsky, de Krishnamurti ou de Shirley McLaine. Quand ces gens ont vu arriver le baron, ils ont poussé un véritable rugissement ; on aurait dit qu'on ouvrait la porte d'une chaudière géante. Nous avons piqué des deux et réussi à pénétrer dans son cabinet avant que la marée ne nous rattrape.

« Vous voyez ce que vous avez fait ? » a remarqué Von Seyfertitz.

Les murs du cabinet étaient coûteusement lambrissés. Le bureau remontait à Napoléon — un meuble exquis, de style Empire, donc, qui allait sûrement chercher dans les cinquante mille dollars au bas mot. Quant au cuir souple du divan, je n'avais jamais vu pareille qualité. À quoi s'ajoutaient deux tableaux de maître, et des originaux encore : un Renoir et un Monet. *Ciel !* songeai-je. *Il y en a pour des millions !*

« Bien, commençai-je. Vous disiez donc, les bêtes sauvages. C'étaient elles que vous alliez tuer, et non moi. »

Le vieillard s'est essuyé les yeux du revers de la main avant de brandir le poing.

« En effet ! » s'est-il écrié en approchant du superbe périscope, dont la surface étirée a reflété son visage littéralement déformé.

Avant que j'aie pu intervenir, il a assené du plat de la main un coup terrible sur la machine en cuivre, avant de la marteler à deux poings en poussant des jurons. Puis il a saisi le périscope comme on attrape un enfant gâté par la nuque et a entrepris de l'étrangler de toutes ses forces.

Je ne saurais dire ce que j'ai entendu alors. Peut-être des sons bien réels, peut-être de grands ébranlements imaginaires rappelant le glacier qui craque à l'arrivée du printemps ou des glaçons qui se fendillent au cœur de la nuit. Ou alors, le bruit d'un cerf-volant géant au squelette fracturé par le vent, qui replie ses ailes de crépon. Mais peut-être ai-je cru entendre aussi une grande inspiration, un nuage se dissolvant en lui-même. À moins que je n'aie pressenti l'existence de mécanismes d'horlogerie remontés avec une énergie si démente que leurs bases s'envolaient en fumée pour retomber tels des flocons de cuivre ?

J'ai collé mon œil à l'oculaire.

Et posé mon regard sur…

Le néant.

Un simple tube en cuivre, des lentilles en cristal, un divan inoccupé.

Plus rien.

Je me suis emparé de l'œilleton et je l'ai tourné pour tenter de faire le point sur un infini recelant peut-être d'oniriques bactéries susceptibles de fibriller en travers de quelque horizon inimaginable.

Mais le divan est resté le divan, et le mur d'en face m'a opposé sa face inexpressive.

Von Seyfertitz s'est penché en avant ; une larme a couru le long de son nez pour aller s'écraser sur son poing rouillé.

« Ils sont morts ? a-t-il chuchoté.

— Partis.

— Tant mieux, ils méritaient la mort. Maintenant au moins, je suis libre de réintégrer un monde plus ou moins normal, à l'abri de la folie. »

À chaque mot sa voix s'enfonçait un peu plus dans sa gorge, sa poitrine, son âme, jusqu'à se fondre dans le silence comme les spectres vaporeux du périkaléidoscope.

Il a joint ses poings serrés dans un grand élan de prière, tel celui qui supplie Dieu de le délivrer du malheur. Mais je n'aurais su dire si, les yeux clos, il souhaitait ma propre mort, ou s'il regrettait que je ne me sois pas évanoui en même temps que les visions de la machine.

Ce que je savais fort bien, en revanche, c'était que mes racontars avaient eu des conséquences terribles, irrévocables. Moi et mon fol enthousiasme pour l'avenir de la psychologie et la réputation de cet invraisemblable Nemo surgi des profondeurs raz de marines !

« Partis », a répété à mi-voix Gustav Von Seyfertitz, baron Woldstein, pour la toute dernière fois. « Partis. »

Ce fut presque la fin.

Je suis revenu faire un tour un mois plus tard. Le propriétaire des lieux m'a autorisé, de mauvaise grâce, à jeter un coup d'œil — j'avais sous-entendu que l'appartement m'intéressait.

Nous nous sommes immobilisés au centre de la pièce, où j'ai distingué les marques laissées par les pieds du divan.

J'ai levé les yeux au plafond. Rien.

« Qu'est-ce qu'il y a ? a dit le propriétaire. On a réparé, non ? Normalement, on ne voit plus rien. Ce satané baron avait percé un drôle de trou qui débouchait dans le bureau du dessus. Il en était également locataire, mais à ma connaissance il ne s'en est jamais servi. Sauf pour ce trou, qu'il a d'ailleurs laissé en partant. »

J'ai poussé un soupir de soulagement. « Il ne reste rien là-haut, vous êtes sûr ?

— Rien du tout. »

J'ai contemplé de nouveau le plafond parfaitement intact.

« Du beau travail, ai-je constaté.

— Encore heureux. »

Je me demande souvent ce qu'est devenu Gustav Von Seyfertitz. Est-il parti s'installer à Vienne, dans l'ancien cabinet même de ce cher vieux Sigmund, ou dans ses environs, peut-être ? Vit-il désormais à Rio, où il oxygène d'autres commandants d'Underseaboat privés de sommeil par le mal de mer et qui se laissent chahuter par la houle de leur lit à eau à l'ombre de la croix des Andes ? Ou bien rôde-t-il dans South Pasadena, à un jet de pierre de ces asiles de fous qui se font passer pour des studios de cinéma ?

Je me le demande en vain.

Tout ce que je sais c'est que, certaines nuits, disons deux ou trois fois par an, au plus profond de mon sommeil j'entends ce terrible cri, *son* cri : « Plongez ! Plongez ! Plongez ! »

Alors je me réveille et je me retrouve en sueur, collé contre le mur, sous mon lit.

PAS VU PAS PRIS

Dire que l'affaire Pas-vu-pas-pris n'a cessé de me hanter reviendrait à sous-évaluer grossièrement les événements qui ont conduit à cette mélancolique conclusion. Il m'a fallu attendre d'aborder aux rivages de la quarantaine pour rédiger ces pages, afin qu'un sergent de ville ahuri puisse s'empresser, muni de pelles et de pioches, d'aller déterrer mes vérités, à moins qu'il ne préfère ensevelir mes mensonges.

Voici les faits.

Trois enfants disparurent. Leurs corps furent retrouvés au milieu de la forêt de Chatham ; aucun ne portait trace de violences, mais tous trois avaient été vidés de leur sang. Seule demeurait la peau, pareille à celle des grains de raisin décolorés et rabougris par le soleil et l'absence de pluie.

Des restes ratatinés de ces innocents s'élevèrent des rumeurs renouvelées où il était question de vampires et autres monstres du même acabit et aux appétits similaires. Ces mythes-là talonnent invariablement la réalité jusqu'à la pétrifier dans ses marques. Seule la bête hantant les cimetières, dit-on alors, avait pu se repaître de ces trois vies révolues, et en gâcher définitivement trois douzaines d'autres.

Les enfants reçurent une sépulture on ne peut plus consacrée. Peu après, sir Robert Merriweather, prétendant au trône de Sherlock Holmes tout en niant modestement cette aspiration, franchit l'une après l'autre les dix fois dix portes de son antique demeure afin de se lancer à la recherche du terrible voleur de vie. Flanqué de votre serviteur, chargé pour sa part de porter brandy et pépin, mais aussi de signaler d'éventuelles embûches tapies dans le sous-bois de cette obscure et mystérieuse forêt.

Sir Robert Merriweather, dites-vous ?

Rien que cela. Plus les dix fois dix portes plus dix — et quelles portes ! — de sa maison claquemurée.

Toutes ces portes servaient-elles ? Eh bien, non, pas une sur neuf. Alors, comment avaient-elles fait leur apparition dans le vieux manoir de sir Robert ? Il les avait fait venir, en bon collectionneur de portes, de Rio, de Paris, de Rome, de Tokyo et d'Amérique centrale. Là-dessus, il les avait entassées, sur leurs gonds, de façon qu'on les admire recto verso, dans les murs de ses salles et de ses chambres, tous étages confondus. Et il organisait des visites guidées de ces curieux huis, pour quelques toqués d'antiquités capables de se délecter au spectacle de telle époque singulièrement surchargée, telle manière dénuée de simplicité, ou de tel exemple de style Empire — *premier* Empire — mis au rebut par tel neveu de Napoléon ou bien encore confisqué par Hermann Goering, qui à son tour avait pillé le Louvre. D'autres portes, catapultées par des tempêtes de poussière nées dans l'Oklahoma, gagnaient leur nouveau domicile dans des camions capitonnés d'affiches bariolées évoquant les fêtes foraines et la désolation battue par les vents dans l'Amérique de 1936. Avait-on une porte préférée qu'on était sûr de la trouver chez lui. Cherchait-on une porte de la meilleure facture qui soit, il en était également l'heureux propriétaire, et elle était bien en sécurité parmi d'autres merveilles, là, derrière le portail de l'oubli.

C'était ces portes que j'étais venu voir, et non les victimes. Sur l'ordre de sir Robert, et ses ordres étaient impérieux, j'avais offert à ma curiosité un passage sur un bateau à vapeur ; à mon arrivée, j'avais trouvé sir Robert confronté non pas à dix dizaines de portes, mais à une seule — formidable et *noire*. Un portail mystérieux qui restait à découvrir. Et au-dessous ? Une tombe.

Sir Robert expédia la visite complète, ouvrant et refermant sans relâche des battants récupérés à Pékin, longtemps ensevelis près de l'Etna ou chipés à Nantucket. Mais on ne pouvait dire qu'il mît tout son cœur — ce cœur tombé malade — dans ce qui aurait dû être un grand tour délicieux.

Il évoqua les pluies printanières qui inondent et reverdissent la campagne à seule fin de pousser les gens hors de chez eux à cause du beau temps, tout cela pour qu'ils découvrent un jour le cadavre d'un garçonnet tari en deux incisions au cou, et tel autre ceux de deux petites filles. Les gens appelaient la police à grands cris et passaient des heures à boire au pub en faisant des têtes de six pieds de long pendant que les mères enfermaient leurs enfants dans des maisons où les pères débitaient des sermons sur les sinistres sorts de la forêt de Chatham.

« M'accompagneriez-vous, me demanda enfin sir Robert, dans un curieux et ma foi bien triste pique-nique ?

— C'est oui. »

Nous eûmes tôt fait d'enfiler des imperméables, de nous charger d'un panier contenant sandwiches et vin rouge, et de plonger dans la forêt, le tout par un piteux dimanche.

Nous eûmes largement le temps, tout en descendant à flanc de colline vers le spectacle dégouttant et peu engageant des arbres, de nous remémorer ce qu'avaient dit les journaux : la chair exsangue des enfants disparus, les dix fois dix ratissages dont s'était en vain acquittée la police dans la forêt, tandis qu'au crépuscule les propriétés environnantes claquaient hermétiquement leurs portes et leurs volets.

« La pluie, sacrebleu, la pluie ! » Le visage crayeux de sir Robert se tourna vers le ciel et la moustache grise ombrant sa lèvre mince frémit légèrement. Cet homme était malade, malingre et vieux. « Notre pique-nique sera gâché !

— Un pique-nique ? fis-je. Et notre tueur, s'y joindra-t-il ?

— Plaise à Dieu, dit sir Robert. Oui, plaise à Dieu. »

Nous traversâmes des terres tantôt brume tantôt soleil timide, tantôt forêt tantôt clairière, pour atteindre enfin une partie du bois dont le silence était tissé par les arbres drus et la mousse tapissant de vert les herbes et les tertres. Le printemps n'avait pas encore étoffé les arbres vides. Le soleil n'était qu'un disque arctique, distant, froid, quasi mort.

« C'est ici, déclara enfin sir Robert.

— Ici que les enfants ont été retrouvés ? m'enquis-je.

— Aussi vides qu'on peut l'être. »

En contemplant la clairière, je songeai aux enfants, aux gens qui s'étaient tenus auprès d'eux, l'air stupéfait, à la police qui était venue chuchoter, toucher, avant de repartir, désorientée.

« Le meurtrier n'a jamais été appréhendé ?

— Pensez-vous ! Trop malin. Êtes-vous observateur ?

— Que faut-il observer ?

— Là est bien le *hic*. La police a commis un grave impair. Elle s'est montrée bêtement anthropomorphe, dans cet épouvantable carnage : elle a recherché un tueur muni de deux bras, deux jambes, une tenue vestimentaire et un couteau. Tellement obnubilée par sa conception humaine du coupable qu'elle a négligé ici un fait aussi évident qu'invraisemblable. *Ha !* »

Du bout de sa canne, il donna un petit coup sur le sol.

Il se produisit quelque chose. Je regardai fixement par terre. « Recommencez, soufflai-je.

— Vous avez donc *vu* ?

— J'ai cru voir une toute petite trappe s'ouvrir, puis se refermer. Puis-je emprunter votre canne ? »

Il me la prêta. Je tapotai la terre.

La même chose se reproduisit.

« Une araignée ! m'écriai-je. Elle a déjà disparu ! Mon Dieu, et à quelle allure !

— Pas-vu-pas-pris, marmotta sir Robert.

— Pardon ?

— Vous savez bien : "Pas vu, pas pris." Regardez. »

De la pointe du canif, sir Robert souleva une motte de terre et en détacha des fragments pour me révéler un cylindre. Affolée, l'araignée jaillit de sa trappe mince comme du papier à cigarette, et tomba sur le sol.

Sir Robert me tendit l'objet. « On dirait du velours gris. Touchez. Une bâtisseuse modèle, notre petite araignée. Son refuge est minuscule, camouflé, et elle constamment en éveil. Capable d'entendre marcher une mouche. Elle en sort d'un bond, s'empare de sa proie, rentre dans son trou et hop ! referme le couvercle.

— Je ne vous savais pas cet amour de la nature.

— En réalité, elle me fait horreur. Mais cette petite bête et moi avons bien des choses en commun. Les portes. Les charnières. Je me soucie comme d'une guigne des autres arachnides. Mais mon amour des huis m'a conduit à l'étude de cette incroyable petite maçonne. » Sir Robert fit jouer le couvercle-trappe sur ses gonds en toile d'araignée. « Du grand art ! Et *tout* cela est lié aux tragédies qui nous amènent.

— Les enfants assassinés ? »

Sir Robert acquiesça. « Vous ne lui trouvez rien de particulier, à cette forêt ?

— Il y règne un silence anormal.

— *Un* silence ! » Sir Robert eut un demi-sourire. « Vous voulez dire des *masses* de silence ! Ni oiseaux familiers, ni scarabées, ni criquets, ni crapauds. Pas un bruissement, pas un mouvement. La police n'a pas remarqué. Elle n'avait aucune raison de le faire. En revanche, c'est justement cette absence de son et de mouvement dans la clairière qui m'a soufflé ma folle théorie à propos des meurtres. »

Il manipula la curieuse structure.

« Que diriez-vous d'une araignée assez *grosse*, avec refuge en conséquence, pour qu'un enfant gambadant surprenne un écho, se fasse capturer et disparaisse sous terre avec un petit choc sourd ? Hm ? » Sir Robert garda les yeux rivés sur les arbres. « "Balivernes et billevesées ?" Et cependant, pourquoi pas ? Évolution, sélection naturelle, croissance, mutations et hop ! »

Une fois de plus, il donna de petits coups de canne. Une trappe s'ouvrit promptement et se referma tout aussi vite.

« Pas-vu-pas-pris », conclut-il.

Le ciel s'assombrit.

« La pluie ! » Il lança un coup d'œil gris et froid aux nuages, puis étendit sa frêle main pour effleurer l'averse. « Flûte ! Les arachnides *détestent* la pluie. Ce sera aussi le cas de notre Pas-vu-pas-pris, si gros et si noir soit-il.

— Pas-vu-pas-pris ! m'écriai-je, irrité.

— Mais certainement, j'y crois.

— Une araignée plus grosse qu'un enfant ?

— *Deux fois* plus grosse. »

Le vent froid nous souffla une bruine au-dessus de la tête. « Seigneur, comme je regrette de devoir m'en aller ! Mais avant cela, vite ! *Regardez !* »

Sir Robert ratissa les feuilles mortes du bout de sa canne, révélant deux objets globuleux, d'un gris tirant sur le marron.

« Qu'est-ce ? » Je me penchai. « De vieux boulets de canon ?

— Non. » Il brisa les globes grisâtres. « Des boules de terre, rien d'autre. »

Je touchai les fragments émiettés.

« Notre Pas-vu-pas-pris pratique des excavations, expliqua sir Robert. Pour confectionner son tunnel. À l'aide de ses grands chélicères dentés, cette araignée déloge la terre, la roule en boule, la prend dans ses mâchoires et va la déposer hors du trou. »

Sir Robert étala sur sa paume mal assurée une demi-douzaine de boulettes semblables. « Des sphères tout à fait normales, éjectées d'un minuscule tunnel pourvu d'une trappe à un bout. Des sphères de la taille d'un jouet. » Alors il heurta de sa canne les globes énormes qui gisaient à nos pieds. « Et pour celles-ci, quelle est votre interprétation ? »

Je ris. « Les enfants eux-mêmes les auront fabriquées avec de la boue !

— Absurde ! » s'exclama sir Robert non sans irritation, tout en enveloppant d'un regard furieux les arbres et la terre. « J'en jurerais : quelque part par ici, notre sinistre monstre se tapit sous son couvercle en velours. Il se peut même que ce soit sous nos pieds. Juste ciel, ne me regardez pas comme ça ! La porte de Pas-vu-pas-pris a des bords biseautés. Une sacrée architecte, cette araignée. Un véritable génie du camouflage. »

Sir Robert continua à divaguer, évoquant tour à tour la terre noire, l'arachnide, ses pattes affairées, sa gueule affamée, tandis qu'autour de nous le vent rugissait et les arbres s'ébrouaient.

Tout à coup, il brandit sa canne.

« Non ! » cria-t-il.

Je n'eus pas le temps de me retourner. Ma chair se pétrifia, mon cœur cessa de battre.

Une étreinte se referma prestement sur mon épine dorsale.

Je crus entendre un monstrueux bouchon sauter, un couvercle se soulever d'un coup. Puis une bête affreuse détala vers mes reins.

« Là ! cria sir Robert. Là ! »

Il abattit sa canne. Je m'écroulai tel un poids mort. Il décrocha la chose de mon dos et l'éleva dans les airs.

Le vent avait cassé la branche de l'arbre mort, et l'avait projetée sur mon dos.

Faiblement, je tentai de me relever, tout frémissant. « Que je suis bête, répétai-je une bonne dizaine de fois. Mon Dieu, que je suis bête !

— Mais non. En revanche, que diriez-vous d'un bon brandy ? »

Le ciel était devenu très noir. La pluie essaimait tout autour de nous.

Une porte après l'autre, nous avons fini par nous retrouver dans le bureau de sir Robert. Une pièce tiède et accueillante où un bon feu couvait dans une cheminée pleine de courants d'air. Nous dévorâmes nos sandwiches en attendant que la pluie cesse. Sir Robert estima que cela se produirait aux environs de huit heures, sur quoi, profitant du clair de lune, nous pourrions regagner, bien que de mauvaise grâce, la forêt de Chatham. Me remémorant la branche tombée, cette araignée sur mon dos, j'engloutis ma part de vin *et* de brandy.

« Ce silence, dans la forêt…, déclara sir Robert en achevant sa collation. Comment voudriez-vous qu'un meurtrier suscite pareil silence ?

— Un homme d'une intelligence démente, armé de pièges empoisonnés eux-mêmes pourvus d'appâts, et de grandes quantités d'insecticide, pourrait exterminer les oiseaux, les lapins, les insectes.

— Et pourquoi ferait-il une chose pareille ?

— Pour nous faire croire qu'il existe une très grosse araignée dans les environs. Pour raffiner son forfait à l'extrême.

— Nous sommes les seuls à avoir noté ce silence ; la police, elle, n'a rien remarqué. Pourquoi notre assassin se donnerait-il tout ce mal pour rien ?

— Autant se demander pourquoi les assassins existent.

— Je ne suis pas convaincu. » Sir Robert fit descendre ses sandwiches avec un peu de vin. « Non, cette créature à la gueule vorace a nettoyé la forêt. Comme il ne lui restait plus rien, elle a pris les enfants. Le silence, les meurtres, la présence d'araignées-trappes, les grosses boules de terre… tout se tient. »

Les doigts de sir Robert se promenèrent sur le bureau non sans évoquer en eux-mêmes une araignée toute propre et manucurée. Il joignit ses frêles mains en coupe et les leva.

« Au fond du terrier de l'araignée se trouve une sorte de boîte à ordures où choient les restes d'insectes dont se nourrit l'araignée. Imaginez un peu la boîte à ordures de notre formidable Pas-vu-pas-pris ! »

J'imaginai. Je visualisai une chose à grandes pattes, cramponnée à son couvercle noir sous la forêt, puis un enfant gambadant et chantonnant dans la pénombre. Une brève goulée d'air inspiré et la chanson s'interrompait net ; il n'y avait plus rien qu'une clairière déserte, l'écho d'un couvercle retombant doucement, et sous la terre noire l'araignée s'affairant, encordant, tissant l'enfant étourdi au sein de ses pattes, qui orchestraient silencieusement le massacre.

À quoi devait ressembler la boîte à ordures d'une araignée aussi invraisemblable ? Et les reliquats de ses nombreuses ripailles ? J'en frémis.

« Il pleut moins fort. » Sir Robert appuya sa déclaration d'un hochement de tête. « Forêt, nous revoici ! Il y a des semaines que j'y joue les cartographes. Tous les cadavres ont été retrouvés dans une clairière à demi dégagée. C'est par là qu'arrive l'assassin, si assassin il y a ! Ou plutôt là que réside en sa tombe notre surnaturelle architecte fileuse de soie, mineuse de tunnels et fabricante de portes particulières !

— Suis-je vraiment obligé d'entendre tout cela ? protestai-je.

— Tout cela et plus encore. » Sir Robert avala les dernières gouttes de son bourgogne. « Les corps ptôsés de ces pauvres enfants ont été tous les trois trouvés à treize jours d'intervalle. Cela signifie que tous les quinze jours, notre répugnante adepte du jeu de cache-cache est contrainte de se nourrir. Il s'est écoulé quatorze jours depuis la découverte du dernier enfant, réduit à une simple enveloppe. Ce soir, notre invisible amie à huit pattes est *forcément* en proie à la famine. Donc, avant une heure je vous aurai présenté à ce grandiose, cet effrayant monstre qu'est Pas-vu-pas-pris !

— Tout cela me donne bien soif, dis-je.

— En route ! » Sir Robert franchit un de ses huis Louis le Quatorzième. « Je vais au-devant de la dernière et plus redoutable porte de toute ma vie, et vous m'accompagnez. »

Que vouliez-vous que je fisse ? Je l'accompagnai.

Le soleil s'était couché, la pluie avait cessé et les nuages avaient révélé en se dissipant une lune trouble et froide. Nous avancions au milieu de notre propre silence et du silence des sentiers et clairières exténués. Sir Robert me passa un petit pistolet argenté.

« Ça ne vous servira pas à grand-chose, mais enfin… Tuer une araignée disproportionnée, c'est une affaire délicate. On ne voit pas très bien où tirer en premier. Et si on rate son coup, on ne dispose pas d'une seconde chance. C'est que ces maudites bestioles, petites ou grosses, vont à la vitesse de l'éclair !

— Merci, dis-je en acceptant l'arme. Je boirais bien quelque chose.

— Accordé. » Il me tendit une flasque argentée emplie de cognac. « Buvez autant qu'il le faudra. »

Je bus. « Et vous ?

— J'ai ma flasque personnelle. » Il me la montra. « En prévision de l'instant propice.

— Pourquoi attendre ?

— Je dois prendre la bête par surprise, et ne pas être ivre au moment de la confrontation. Quatre secondes avant que la chose ne m'empoigne, j'ingurgiterai une certaine quantité de cette substance napoléonienne, qu'est venue épicer une autre surprise, et des plus inconvenantes.

— Une surprise ?

— Vous verrez. *Wait and see*. La noire voleuse de vie verra, elle aussi. Et maintenant, cher monsieur, c'est ici que nos chemins se séparent. Le mien va par ici, le vôtre par là. Y voyez-vous quelque objection ?

— Une objection, alors que je suis malade de terreur ? Vous plaisantez.

— Tenez. Au cas où je ne reviendrais pas. » Il me donna une lettre cachetée. « Lisez-la à haute voix devant l'agent de police. Elle l'aidera à nous localiser, Pas-vu-pas-pris et moi, les disparus retrouvés.

— Je vous en prie, épargnez-moi les détails. Je me sens bête comme tout à vous suivre ainsi pendant que Pas-vu-pas-pris, si la créature existe, est bien douillettement installée dans son sous-sol et se dit : "Ah, les idiots qui vont et viennent là-haut en se gelant. Je crois que je vais les laisser se geler, tiens !"

— Espérons que non. Allez, maintenant. Si nous restons ensemble, elle ne sortira pas de sa cachette. Tandis que si nous sommes seuls chacun de notre côté, elle se haussera par quelque invisible crevasse et embrassera la scène d'un gros œil bien vif avant de réintégrer son trou, hop ! sur quoi l'un d'entre nous s'enfoncera dans les ténèbres.

— Faites que ce ne soit pas moi, surtout ! »

Nous nous distançâmes d'une vingtaine de mètres, puis nous perdîmes progressivement dans le timide clair de lune.

« Vous êtes là ? lança sir Robert à mi-chemin du bout du monde, dans l'obscurité feuillue.

— Oui, mais croyez bien que je le regrette, criai-je en retour.

— En avant ! Ne me perdez pas de vue. Rapprochez-vous un peu. Nous y sommes presque. Mon intuition me dit que… Je pressens déjà… »

Le dernier nuage s'écarta et la lune éclaira comme en plein jour un sir Robert agitant les bras comme des antennes, les yeux mi-clos. Il en hoqueta d'impatience.

« Plus près, plus près, l'entendis-je souffler. Continuez de vous rapprocher. Ne bougez plus. Il se peut que… »

Il se figea sur place. Quelque chose, dans son attitude, me donna envie de bondir, de me jeter sur lui pour l'éloigner de la zone choisie.

« Oh, mon Dieu, sir Robert ! Sauvez-vous ! »

Mais il restait pétrifié, agitant d'une main une invisible baguette de chef d'orchestre qui sondait et, en quelque sorte, *tâtait* l'atmosphère, tandis que l'autre main plongeait prestement dans sa poche et en ramenait sa flasque plaquée d'argent. Il éleva celle-ci dans le clair de lune, comme pour porter un toast au destin. Puis, victime de ses propres exigences, il but une, deux, trois… Mon Dieu ! quatre gorgées de géant !

Les bras écartés, jouant du vent comme d'un balancier, il rejeta la tête en arrière en riant comme un godelureau et vida le reste de son mystérieux breuvage.

« À nous deux, Pas-vu-pas-pris ! Emporte-moi dans les entrailles de la terre, maintenant ! s'écria-t-il. Viens me prendre ! »

Il tapa du pied.

Poussa une exclamation victorieuse.

Et *disparut.*

Tout fut fini en une seconde.

Un bref mouvement flou, puis une masse broussailleuse et sombre avait surgi de la terre avec un chuchotis, une succion, puis le choc sourd d'un corps qui tombait et un bruit de porte qui se refermait.

La clairière était déserte.

« Sir Robert ! Vite ! »

Mais il n'y avait plus personne à presser.

Sans songer que je pouvais moi aussi me faire subtiliser, j'allai en titubant me tenir à l'endroit où sir Robert avait porté son toast effréné.

Je baissai les yeux sur la terre et les feuilles, sans autre bruit que les battements de mon cœur, tandis qu'un souffle dégageait entre les feuilles un espace qui n'était que terre, cailloux et herbes sèches.

Je relevai la tête et hurlai à la lune, je crois. Puis je tombai à genoux, sans une pensée pour le danger, et entrepris de creuser dans l'espoir de trouver un couvercle, une tombe cylindrique, que sais-je, où un muet enchevêtrement de pattes aurait été occupé à se tisser lui-même, à ligoter et momifier la chose qui avait été mon ami. *Il a franchi sa dernière porte*, me dis-je dans mon égarement, tout en criant le nom de mon ami.

Je ne retrouvai que sa pipe, sa canne et sa flasque vide, jetées lorsqu'il avait fui la nuit, la vie et le reste.

Oscillant sur place, je tirai six coups de feu dans la terre, cette masse inerte et silencieuse, frappée de stupidité, qui ne m'offrit nulle réponse ; alors je restai quelques instants, vacillant, sur cette tombe hermétique et instantanée, cherchant à entendre des cris étouffés, des hurlements, des appels peut-être, mais en vain. Je me mis à courir en rond, sans autres munitions que mes vociférations éplorées. Je serais bien resté là toute la nuit, mais une averse de feuilles, un grand moulinet arachnoïde de branches brisées s'abattit sur moi, et mon affolement était tel que mon cœur céda. Je m'enfuis sans cesser de lancer le nom de mon ami, dans un silence recouvert de nuages qui cachaient à nouveau la lune.

Une fois rentré au manoir, je martelai la porte en gémissant et en tirant violemment sur la poignée, puis je me souvins : le battant s'ouvrait vers l'intérieur, et n'était point verrouillé.

Seul dans la bibliothèque, avec pour survivre le seul secours de la liqueur, je lus la lettre que sir Robert avait laissée derrière lui :

Mon cher Douglas,

Je suis vieux, j'ai vu bien des choses dans ma vie, mais je ne suis pas fou. Pas-vu-pas-pris existe. Mon chimiste m'a fourni un poison fiable que je mélangerai à mon cognac en prévision de notre petite excursion. Je l'ingérerai en totalité. Ignorant en moi la proie empoisonnée, Pas-vu-pas-pris ne tardera pas à me convier chez lui. Un coup j'y suis, un coup je n'y suis plus. Je deviendrai alors l'ins-

trument de sa mort, qui surviendra bien vite après la mienne. Je ne pense pas qu'il existe sur terre d'autre cauchemar démesuré à l'image de Pas-vu-pas-pris. Une fois celui-ci disparu, ce sera la fin.

Étant donné mon grand âge, ma curiosité est sans limites. Je ne crains pas la mort car mes praticiens me disent que si je ne péris pas par accident, c'est le cancer qui viendra à bout de moi.

J'ai bien songé à donner un lapin empoisonné à notre cauchemardesque assassin. Mais dans ce cas, je ne pourrais savoir s'il existe réellement. Pas-vu-pas-pris mourrait à l'insu de tous dans son monstrueux réduit, et moi sans que ma curiosité soit satisfaite. Tandis que de cette façon, l'espace d'un instant de triomphe, je saurai. *Craignez pour moi. Enviez mon sort. Priez pour moi. Pardon de vous abandonner sans vous faire mes adieux. Cher ami, poursuivez votre tâche.*

Je repliai la lettre et fondis en larmes.

On n'entendit plus jamais parler de lui.

Certains disent que sir Robert s'est suicidé, acteur de son propre mélodrame, et qu'un jour on déterrera son corps chagrin, perdu, gothique, que c'était lui l'assassin de ces enfants, et que son infinie obsession des portes et des gonds l'a conduit, dans son aberration, à observer cette espèce d'araignée, et à concevoir puis fabriquer la porte la plus folle de toute l'histoire, ce terrier d'insanité où il s'est englouti pour mourir, sous mes yeux, espérant ainsi perpétuer l'inconcevable Pas-vu-pas-pris.

Cependant, je n'ai trouvé nul terrier. Et je ne crois pas qu'on puisse construire pareille fosse, même quand on nourrit, comme sir Robert, une débordante passion pour les portes.

J'en suis réduit à me demander : peut-on vraiment tuer, assécher le corps de ses victimes et bâtir une crypte de terre ? Dans quel but ? Créer la plus *belle* issue dérobée de tous les temps ? De la folie. Et que faire des grosses boules de terre grisâtres prétendument éjectées de la tanière du monstre ?

Quelque part, dans les profondeurs de la forêt, Pas-vu-pas-pris et sir Robert gisent étreints dans un secret hypogée de velours. L'un est-il l'*alter ego* paranoïaque de l'autre ? Je ne saurais le dire. Toujours est-il que les assassinats ont cessé, que les lapins sillonnent à nouveau la forêt de Chatham, dont les sous-bois regorgent aujourd'hui de papillons et d'oiseaux. Le printemps a reverdi et les enfants s'ébattent à nouveau dans une clairière résonnante, dont le silence a disparu.

Pas-vu-pas-pris et sir Robert, *reposez en paix*.

MEURTRES EN DOUCEUR

Joshua Enderby s'éveilla au milieu de la nuit car il sentait des doigts sur sa gorge.

Au-dessus de lui, dans les ténèbres fertiles, il devinait plus qu'il ne le voyait le poids plume de son épouse qui, assise sur sa poitrine, s'affairait à l'étrangler à petits coups tremblants et maladroits.

Il ouvrit tout grands les yeux. Il comprenait ce qu'elle essayait de faire. C'était si grotesque qu'il faillit éclater de rire !

Voilà qu'avec ses quatre-vingt-cinq années, sa carcasse branlante et son teint jauni, sa femme voulait le stranguler !

Elle lui soufflait aux narines une haleine de rhum et bitter et, perchée sur lui, oscillant telle une phalène ivre, le manipulait comme un jouet. Elle laissa échapper un soupir exaspéré et ses doigts décharnés se couvrirent peu à peu de transpiration. Elle hoqueta : « Tu ne veux pas, hein ? Tu ne veux pas ! »

Je ne veux pas quoi ? se demanda-t-il vaguement, sans faire mine de bouger. Il déglutit et l'imperceptible aller-retour de sa pomme d'Adam délogea la chétive étreinte. *Je ne veux pas* mourir, *c'est ça ?* s'écria-t-il muettement. Il attendit quelques instants, au cas où elle réunirait assez de force pour lui régler son compte. Mais non.

Fallait-il allumer la lumière et affronter Missy ? Il risquait de la ridiculiser, avec ses allures de poule maigrelette à califourchon sur l'anatomie ahurie de son époux abhorré, lequel ne se privait pas de se gausser.

Joshua Enderby gémit puis bâilla. « Missy ? »

Les mains se figèrent sur sa clavicule.

« S'il te plaît… » Il se retourna, feignant le demi-sommeil. « … S'il te plaît, tu veux bien… » Nouveau bâillement. « Rester de *ton* côté du lit ? Hmm ? Merci, tu es gentille. »

Missy se déplaça dans le noir. Il entendit un tintement de glaçons. Elle s'offrait une autre lampée de rhum.

Le lendemain midi, profitant du beau temps en attendant leurs invités, les deux vieux échangèrent des apéritifs sous la tonnelle. Il lui tendit un Dubonnet ; elle lui passa un xérès.

Il y eut un moment de silence ; chacun des deux contemplait son breuvage sans se décider à en prendre une gorgée. Lui tenait son verre de telle manière que sa grosse bague en diamant et or blanc projetait mille feux sur sa main de parkinsonien. Ces éclats le firent ciller, puis il finit par s'éclaircir bruyamment la voix.

« Tu sais, Missy, il ne te reste plus très longtemps à vivre. »

Cachée derrière une brassée de jonquilles rassemblée dans une vasque en cristal, Missy glissa un œil, entre les fleurs, à sa momie de mari. Tous deux avaient conscience du tremblement qui agitait les mains de l'autre. Elle portait une robe bleu cobalt libéralement parsemée de paillettes, ainsi que des petites planètes scintillantes sous chaque oreille, et un motif écarlate lui tenait lieu de bouche. *La catin de Babylone, mais version centenaire*, songea-t-il sans humour.

« Comme c'est bizarre, mon cher. Oui, très bizarre, répondit Missy non sans un raclement de gorge courtois. Il se trouve que justement, pas plus tard qu'hier soir…

— Tu as *pensé* à moi ?

— Il faut que nous parlions.

— En effet, il le faut. » Il s'inclina comme un mannequin de cire dans son fauteuil. « Il n'y a pas d'urgence. Mais si je t'élimine, ou si tu m'élimines — l'un ou l'autre, cela n'a pas d'importance —, protégeons-nous mutuellement, d'accord ? Non, ne me regarde pas de cet air stupéfait, ma chère. Il ne m'a pas échappé, ton petit galop d'hier soir, à cheval sur mes côtes, tandis que tu me malaxais l'œsophage jusqu'à entendre les rouages tomber en place, ou je ne sais quoi.

— Ciel ! » Le sang monta aux joues poudrées de Missy. « Tu ne dormais donc pas ? Même au début ? Je suis mortifiée. Je crois que je vais aller m'allonger.

— Ne dis donc pas de bêtises. » Joshua l'arrêta du geste. « Si je meurs, il faut que tu sois protégée, que personne ne puisse t'accuser. Même chose dans mon cas si c'est toi qui meurs. À quoi bon nous donner un mal infini pour… expédier l'autre, si c'est pour aller droit au gibet ou à la poêle à frire ?

— C'est juste, reconnut-elle.

— Je propose une… une série de témoignages réciproques d'admiration béate. Disons, de grandes démonstrations d'affection devant les amis, des cadeaux, et ainsi de suite. Je dépenserai des fortunes en fleurs, en bracelets de diamants. Toi, tu m'achèteras des portefeuilles en cuir fin et des cannes baguées d'or.

— Je dois admettre que tu as de l'idée, pour ces choses-là.

— Si nous donnons l'impression d'être follement amoureux, et depuis des temps immémoriaux, cela contribuera à écarter les soupçons.

— Tu sais, fit-elle avec lassitude, il importe peu de savoir qui de nous deux mourra en premier, sauf que je suis *très* vieille et que j'aimerais bien avoir fait au moins *une* chose correctement dans ma vie. Moi qui ai toujours été d'un tel dilettantisme… Je n'ai jamais eu d'affection pour toi. De l'amour, oui, mais ça, c'était il y a dix millions d'années. Mais tu n'as jamais été un ami pour moi. S'il n'y avait pas eu les enfants…

— Au diable les mobiles, coupa-t-il. La vérité est que nous sommes deux vieilles ruines sans rien d'autre à fiche que de casser leur pipe et d'en faire tout un plat. Ah, le jeu de vie à trépas serait tellement plus passionnant si nous établissions quelques règles, si nous nous y prenions avec méthode, sans que personne s'en mêle. Depuis combien de temps ton complot aux fins d'assassinat est-il passé dans sa phase active ? »

Le visage de Missy s'éclaira. « Tu te souviens de l'opéra, la semaine dernière ? Quand tu as fait un faux pas en descendant du trottoir et que cette voiture a failli t'écraser ?

— Seigneur ! » Il rit. « Et moi qui croyais qu'on nous avait poussés *tous les deux* ! » Il se pencha et lâcha un gloussement. « Bien. Et toi, tu te souviens, quand tu as glissé dans la baignoire, le mois dernier ? Eh bien, c'est moi qui avais graissé le fond ! »

Instinctivement, elle poussa un hoquet de surprise, puis but un peu de Dubonnet… et se figea.

Il lut dans ses pensées et regarda fixement le verre que lui-même tenait à la main.

« Tu ne l'aurais pas empoisonné, par hasard ? » Il flaira le liquide.

« Ne dis donc pas de sottises », répliqua-t-elle en posant à la surface de son Dubonnet le bout soupçonneux d'une langue de lézard. « On retrouverait le résidu dans ce qui te reste d'estomac. En revanche, je te conseille de vérifier par deux fois l'eau de ta douche, ce soir. J'ai trafiqué la température, qui, en l'état, pourrait bien provoquer une attaque.

— Tu as fait ça ? s'esclaffa-t-il.

— J'y ai *pensé* », confessa-t-elle.

Le carillon de la porte d'entrée retentit, mais sans sa gaieté habituelle, avec quelque chose de funèbre. *Absurde !* songea Joshua. *Tu parles !* se dit Missy avant de reprendre sur un ton plus allègre : « Nous avions oublié nos invités ! Les Gowry. Lui est ennuyeux à mourir, mais sois gentil ! Arrange ton col.

— Il est drôlement serré. Trop amidonné. Encore une ruse pour m'étrangler ?

— Je regrette bien de ne pas avoir eu cette idée-là. Allons, pressons maintenant. »

Ils allèrent donc, bras dessus, bras dessous et riant bêtement, à la rencontre des invités à demi oubliés.

On servit les cocktails. Les vieilles reliques prirent place côte à côte, entrelacèrent leurs doigts comme des collégiens et rirent avec une cordialité bien modeste aux plaisanteries dramatiques de Gowry. Ils se penchaient en avant pour bien montrer leurs sourires de porcelaine en disant : « Ah, elle est bien bonne ! » sur un ton claironnant avant de commenter *sotto voce*, l'un pour l'autre : « Tu as une autre idée ? » « Le rasoir électrique dans ton bain ? » « Pas mal, pas mal ! »

« Et là, Pat dit à Mike… ! » s'exclama Mr. Gowry.

Discrètement, Joshua souffla à Missy : « Tu sais, j'ai pour toi une inimitié dont les colossales proportions se rapprochent de celles qu'on ressent à l'occasion du premier amour. Tu m'as appris le désastre. Alors, comment ?

— Quand le professeur sera prêt, l'élève arrivera », souffla Missy.

Les rires s'enflaient, s'écrasaient et tourbillonnaient comme des vagues. Le salon était en proie à une espèce d'étourdissement désinvolte et léger. « Et alors Pat dit à Mike : tu n'as qu'à le faire *toi-même* ! tonna Gowry.

— Ha ha ! explosa tout un chacun.

— À toi, maintenant. » Missy fit un geste en direction de son antique mari. « Raconte-leur une de tes blagues à *toi*. Oh, mais avant, se souvint-elle avec à-propos, file donc à la cave nous chercher du cognac, mon chéri. »

Gowry s'empressa, affolé de courtoisie. « Je sais où il est !

— Mais non, Mr. Gowry, ne vous donnez pas cette peine. »

Missy gesticula frénétiquement.

Mr. Gowry s'élança.

« Oh, flûte, flûte, flûte ! » s'écria Missy.

Une seconde plus tard Gowry poussait un grand cri, suivi d'un craquement de tonnerre.

Missy sortit clopin-clopant, pour réapparaître presque aussitôt, la main refermée sur sa gorge. « Mon Dieu, quelle poisse, gémit-elle. Venez voir. J'ai bien l'impression que Mr. Gowry est tombé tout droit dans l'escalier de la cave. »

Le lendemain matin, Joshua Enderby rentra en traînant les pieds, écrasé sous le poids d'un grand présentoir tendu de feutrine verte, qui devait bien mesurer cinq pieds sur trois et sur lequel étaient fixés des pistolets.

« Je suis là ! » cria-t-il.

Missy fit son apparition, un rhum Collins dans une main ornée de bracelets bringuebalants, et dans l'autre une canne dont elle martelait le sol. « Qu'est-ce que c'est que ça ? demanda-t-elle d'un ton impérieux.

— Dis-moi d'abord comment se porte ce vieux Gowry ?

— Une jambe cassée. Si seulement c'étaient les cordes vocales…

— Déplorable accident, cette première marche descellée, hein ? » Le vieillard suspendit au mur le panneau de feutrine. « Une chance que ce soit Gowry qui ait voulu chercher le cognac, et pas moi.

— Oui, déplorable. » Son épouse but avidement. « Explique.

— Je me fais collectionneur d'armes anciennes. » Il indiqua les pistolets bien proprement sertis dans leurs nids de cuir.

« Je ne vois pas…

— Avec une collection d'armes à nettoyer… pan ! » Radieux, il poursuivit : « Il tue sa femme en huilant son pistolet de jarretière. Le veuf éploré déclare : "J'ignorais qu'il était chargé."

— Bien vu », commenta-t-elle.

Une heure plus tard, tandis qu'il huilait un revolver, il faillit se faire sauter la cervelle.

Sa femme arriva, accompagnée par les chocs sourds de sa canne et, pétrifiée, lui dit : « Mince, tu es toujours vivant.

— Il était chargé, bon Dieu ! » Il leva l'arme d'une main tremblante. « Pourtant, *aucun ne l'était* ! À moins que…

— Que quoi ? »

Il s'empara de trois autres armes. « *Tous* chargés ! *Toi !*

— Moi, fit-elle. Pendant que tu déjeunais. Eh bien, il va sans doute falloir que je te fasse du thé, maintenant. Allez, viens. »

Il regarda fixement le trou que la balle avait creusé dans le mur. « Du thé ? Tu parles ! Où est le *gin* ? »

C'était son tour à elle de faire des dépenses. « Il y a des fourmis dans la maison. » Elle secoua à grand bruit son sac à provisions bien rempli puis disposa des pots de pâte anti-fourmis dans toutes les pièces avant de répandre de la poudre sur les appuis de fenêtre, dans le sac de golf de son mari, et même sur sa collection d'armes. D'autres sacs encore, elle tira de la mort-aux-rats, de quoi se débarrasser de toutes les souris et exterminer tous les insectes. « Mauvais temps pour les cafards. » Elle distribua libéralement ces substances dans le garde-manger.

« C'est une arme à double tranchant, observa-t-il. Tu risques de tomber dessus !

— Sottises. Ce n'est pas la victime qui doit choisir le sort qui l'attend.

— D'accord, mais alors pas de violence. Je veux présenter un visage serein au légiste chargé de déterminer les causes de ma mort.

— Quelle vanité. Josh, mon ami, ta figure se contractera au point de ressembler à un tire-bouchon quand j'aurai mis une grosse cuillerée de mon Mélange spécial dans ton chocolat chaud du soir !

— Et moi, contra-t-il, je connais une recette qui fera pousser mille grosseurs sur ton corps avant que tu n'expires ! »

Elle se calma. « Mais enfin, Josh ! Jamais je n'utiliserais ce Mélange spécial sur toi. »

Il s'inclina. « Et moi, jamais je ne confectionnerais la recette aux mille grosseurs.

— Tope là », conclut-elle.

Les petits jeux d'assassins se poursuivirent. Il fit l'acquisition d'énormes pièges à rats dans l'intention de les dissimuler un peu partout. « Tu te promènes toujours pieds nus ; à *petite* blessure, *grosse* infection ! »

De son côté, elle piqua dans les canapés d'innombrables épingles à têtière. Partout où il posait la main, le sang perlait. « Aïe ! Zut ! » Il suça son doigt. « Est-ce que ce sont des fléchettes empoisonnées telles qu'en soufflent avec leurs sarbacanes les Indiens d'Amazonie ?

— Mais non. Seulement de vieilles aiguilles rouillées contaminées par le tétanos.

— Ah ! »

Malgré sa vieillesse galopante, Joshua Enderby adorait conduire. On le voyait couramment sillonner Beverly Hills avec toute la fougue que lui permettaient ses forces déclinantes, la mâchoire pendante et l'œil pâle tout papillonnant.

Un après-midi, il appela de Malibu. « Missy ? Si tu savais… J'ai failli tomber de la falaise. Ma roue avant s'est envolée en pleine ligne droite !

— J'avais pourtant tout combiné pour que cela arrive dans un virage !

— Excuse-moi.

— J'avais trouvé l'idée dans un magazine pour hommes. Il suffit de desserrer les tenons et hop ! Spécial ketchup !

— Ne parlons plus de ma vieille carcasse inutile, commenta-t-il. Quoi de neuf de ton côté ?

— Le tapis de l'escalier a glissé. La bonne est tombée sur le derrière.

— Pauvre Lila.

— À partir de maintenant, je l'envoie partout en éclaireuse. Elle a dégringolé comme un vrai sac de linge. Elle a de la chance d'être aussi grosse.

— À nous deux, on risque de la tuer si on ne fait pas attention.

— Tu crois ? Oh, non… C'est que je l'aime bien, moi, Lila.

— Donne-lui quelques jours de congé. Ou bien embauche quelqu'un d'autre. Si c'est une inconnue qui se trouve prise dans notre tir croisé, ce sera moins triste. Je ne voudrais pas que Lila soit écrabouillée sous un lustre, ce genre de chose.

— Un lustre ! s'exclama Missy sur un ton strident. Tu n'as tout de même pas trafiqué les pendeloques en cristal de ma grand-mère, celles du palais de Fontainebleau ? Là je dis non. Interdiction de toucher à ça.

— Promis, marmotta-t-il.

— Bonté divine ! Quand je pense à la beauté de ce lustre ! S'il me manquait en tombant, toute boiteuse que je suis je te tuerais à coups de canne, dussé-je me tenir sur une seule jambe ! Puis je te ressusciterais pour t'en refaire tâter ! »

Le récepteur s'abattit à grand bruit sur son socle.

Joshua Enderby, qui était allé fumer sur le balcon, rentra ce soir-là pour dîner et examina la table. « Je ne vois pas ton habituel beignet à la fraise.

— Je n'avais pas faim. Je l'ai donné à la nouvelle bonne.

— Imbécile ! »

Elle lui lança un regard furieux. « Ne me dis pas que tu l'avais empoisonné, espèce de vieux fils de… »

Un grand bruit dans la cuisine.

Joshua alla voir et revint. « La bonne n'est plus nouvelle », conclut-il.

Ils tassèrent la nouvelle bonne dans une malle, au grenier. Personne ne téléphona pour s'enquérir de son sort.

« Décevant, constata Missy le septième jour. J'étais sûre de voir débarquer un grand type très froid avec un carnet, et un autre avec un appareil photo et plein de flashes. Cette pauvre fille était encore plus seule qu'on ne le pensait. »

Les cocktails se succédaient frénétiquement dans tous les coins de la maison. C'était une idée de Missy. « Ainsi on pourra se déquiller mutuellement dans une véritable forêt d'obstacles ; on sera des cibles mouvantes ! »

Mr. Gowry, toute rancune oubliée malgré la chute pêle-mêle du mois précédent et la claudication subséquente, revint raconter ses blagues, pousser ses éclats de rire, et manquer de justesse se faire sauter une oreille avec un des pistolets de collection prévus pour le duel. Tout le monde hurla de rire mais on prit congé plus tôt que d'habitude. Gowry jura de ne plus remettre les pieds dans cette maison.

Puis ce fut le tour d'une certaine miss Kummer qui, passant la nuit chez les Enderby, emprunta le rasoir électrique de Joshua et faillit s'électrocuter. Elle repartit en se frottant l'aisselle droite. Joshua s'empressa de se laisser pousser la barbe.

Peu après, un certain Mr. Schlagel disparut. Puis un certain Mr. Smith. On les vit pour la dernière fois un samedi, à une soirée chez les Enderby.

« Vous jouiez à cache-cache ou quoi ? » Les amis donnèrent à Joshua des bourrades bienveillantes.

« Comment vous y prenez-vous ? Vous leur refilez des champignons vénéneux en les faisant passer pour comestibles ?

— Ah, ah ! Très drôle, gloussa Joshua. Non, non, ce n'étaient pas les champignons. Le premier s'est enfermé dans la chambre froide. Le lendemain, c'était devenu une tarte esquimaude ! L'autre s'est pris les pieds dans un arceau de croquet. Il est passé à travers une des baies vitrées de la serre.

— Ah, ah ! s'esclaffèrent les invités ! Une tarte esquimaude et un défenestré ! Cher Joshua, décidément, vous êtes un sacré numéro !

— C'est l'entière vérité ! protesta Joshua.

— Qu'allez-vous encore inventer !

— Oui, on se demande sincèrement ce qui a pu arriver à ce vieux Schlagel et à ce voyou de Smith. »

« C'est vrai, au fait : que leur est-il arrivé ? s'enquit Missy quelques jours plus tard.

— Je vais t'expliquer. La tarte esquimaude, c'était pour mon dessert. Mais l'arceau de croquet ? Non ! C'est toi qui l'as planté en dehors du parcours dans l'espoir que je viendrais faire un tour par là, et que je piquerais une tête dans les vitres de la serre ? »

Missy se changea en pierre ; apparemment, il avait touché une corde sensible.

« Il est temps d'avoir une petite conversation, toi et moi, annonça-t-il. Annulons les soirées prévues. Une victime de plus et les sirènes précéderont de peu l'arrivée de la maréchaussée.

— Tu as raison, acquiesça Missy. Notre entraînement au tir semble chaque fois se solder par des balles perdues. Et à propos de l'arceau… Tu vas toujours te promener autour de la serre avant de te coucher. Mais cette andouille de Schlagel, qu'allait-il fabriquer là-bas à deux heures du matin ? Quel âne bâté. Il est toujours sous le compost ?

— Oui, jusqu'à ce que je le fourre avec le Grand Congelé.

— Aïe. Plus de soirées, donc.

— Non. Rien que toi et moi et… euh… le lustre ?

— Ah, ça non : j'ai caché l'escabeau pour que tu ne puisses pas l'atteindre.

— Flûte », conclut Joshua.

Ce soir-là, devant la cheminée, il versa quelques verres de leur meilleur porto. Profitant de ce qu'il allait répondre au téléphone, elle versa un peu de poudre blanche dans son *propre* verre.

« Ça ne me plaît pas du tout, murmura-t-elle. Ça manque terriblement d'originalité. Mais il n'y aura pas d'autopsie. “Il avait déjà une tête de déterré bien avant de casser sa pipe”, diront-ils avant de refermer le couvercle. » Sur quoi elle ajouta une pincée de substance mortelle, au moment même où son mari revenait s'asseoir et prendre son verre. Il le contempla, puis décocha un sourire à sa femme.

« Non, tu n'aurais pas fait ça !

— Fait quoi ? » dit-elle en toute innocence.

Dans l'âtre, le feu crépitait chaleureusement, doucement. Sur la cheminée, la pendule tictaquait.

« Tu ne verras pas d'inconvénient, n'est-ce pas, ma chère, à ce que nous échangions nos verres ?

— Tu ne penses tout de même pas que j'ai versé du poison dans le tien pendant que tu étais sorti ?

— Ce serait d'une banalité ! Mais toujours possible.

— Eh bien alors, échangeons ; tu m'enquiquines avec toutes tes histoires ! »

Il eut l'air surpris, mais accepta l'échange.

« Je ne bois *pas* à ta santé ! » firent-ils simultanément, avant d'éclater de rire.

Ils burent avec un sourire énigmatique.

Après quoi ils attendirent avec une satisfaction indicible, bien installés dans leurs fauteuils, tandis que la lueur mouvante du feu allumait des chatoiements sur leurs visages d'une pâleur fantomatique, ils attendirent, donc, que le porto réchauffe leurs veines quasi arachnéennes. « Ah…, soupira-t-il. Vraiment, rien ne vaut un bon porto. »

Missy laissa aller en arrière sa petite tête grise, cédant à l'assoupissement, mâchonnant ses lèvres rouge gluant et lançant à son vis-à-vis des regards alanguis, teintés de secret. « Pauvre Lila, soufflat-elle.

— Oui, murmura-t-il. Lila. La pauvre. »

Le feu émit une petite détonation et Missy ajouta au bout d'un long moment : « Pauvre Mr. Schlagel.

— Oui. » Il sombrait à son tour dans l'engourdissement. « Pauvre Schlagel. Sans oublier Mr. Smith.

— Et toi, vieux bonhomme, énonça-t-elle enfin, avec une lenteur infinie. Comment te sens-tu ?

— J'ai sommeil.

— *Très* sommeil ? »

Un vague assentiment. Il la dévisagea d'un œil brillant. « Et toi, ma chère, comment te sens-tu ?

— J'ai sommeil aussi », dit-elle derrière ses paupières closes. Qui tout à coup se rouvrirent toutes grandes. « Pourquoi ces questions ?

— En effet, renchérit-il, brusquement sur le qui-vive. Pourquoi ?

— Oh, c'est juste que… » Elle regarda attentivement son petit soulier noir aller et venir sans hâte le long de son tibia, bien au-dessous du genou. « Je pense, ou du moins j'imagine, que je viens de détruire tes systèmes digestif et nerveux. »

Pour l'instant, tout à sa somnolence béate, il contemplait avec attention le feu réconfortant en écoutant la pendule tictaquer. Puis : « Tu veux dire… que tu viens de m'empoisonner ? » Il remâcha rêveusement ces quelques mots. Puis : « Tu m'as… quoi ? » Il sursauta ; ses poumons se vidèrent d'un coup. Le verre à porto se brisa sur le sol.

Elle se pencha en avant, telle une diseuse de bonne aventure avide de prédire l'avenir.

« J'ai eu la brillante idée d'empoisonner mon propre porto, sachant que tu voudrais faire l'échange, histoire d'être tranquille. Et c'est bien ce qui s'est passé ! » Un rire tintinnabulant.

Il se laissa retomber dans son fauteuil, les mains plaquées sur la figure pour arrêter la folle rotation de ses globes oculaires. Puis la mémoire lui revint d'un coup et il partit d'un grand éclat de rire.

« Qu'est-ce qu'il y a ? s'écria Missy. Pourquoi ris-tu ?

— Parce que… », hoqueta-t-il, les joues inondées de larmes et les lèvres étirées par un affreux rictus. « J'ai empoisonné mon *propre* verre ! En comptant sur l'occasion d'échanger avec toi !

— Oh, non ! s'exclama-t-elle en cessant de sourire. Comme nous avons été bêtes ! J'aurais dû m'en douter !

— C'est que, l'un comme l'autre, nous sommes bien trop malins, au contraire ! » Il se laissa aller contre son dossier en gloussant.

« Quelle mortification ! Comme c'est gênant ! Je me sens nue comme un ver ! Je me déteste.

— Mais non, mais non, fit-il d'une voix rauque. Au lieu de cela, pense à la haine que tu as pour *moi*.

— Elle emplit tout mon cœur et toute mon âme, si racornis soient-ils. Et toi ?

— Point de pardon sur le lit de mort, en ce qui me concerne, ô mon épouse, vieille vierge de fer au teint de lis. Adieu, ajouta-t-il imperceptiblement, déjà loin.

— Si tu crois que je vais te rendre ton adieu, tu te fais des idées folles », chuchota-t-elle tandis que sa tête roulait sur le côté. Les yeux hermétiquement clos, les lèvres molles et les mots mâchonnés, elle ajouta : « Oh, et puis après tout… Ad… »

Sur quoi son souffle s'interrompit, et le feu se consuma jusqu'à ce qu'il n'en reste que cendre. La pendule emplissait de son tic-tac ininterrompu le silence de la pièce.

Des amis les trouvèrent le lendemain jetés dans les fauteuils de la bibliothèque ; ils avaient l'air plus contents que d'habitude.

« Suicide par consentement mutuel, s'accorda-t-on à dire. Leur amour était si grand ! Ils n'ont pu supporter l'idée que l'autre s'évanouisse seul dans l'éternité.

— J'espère, déclara Mr. Gowry en s'appuyant sur ses béquilles, qu'un jour mon épouse et moi trinquerons dans les mêmes circonstances. »

MADEMOISELLE VIF-ARGENT

J'ai vu un homme qui me ressemblait comme un jumeau. C'était lors d'un spectacle de magie.

Mon épouse et moi assistions, un samedi soir, à une représentation ; nous étions en été, et l'assistance fondait de chaleur autant que de convivialité. Tout autour de nous, des couples mariés ou fiancés, tour à tour ravis et alarmés par l'opéra-comique de leurs petites vies traduites sur scène en symboles grossis.

On sciait une femme en deux. Le sourire des maris dans la salle !

Une femme enfermée dans une malle disparaissait. Un magicien barbu pleurait sur son sort, malheureux comme les pierres. Et voilà qu'elle réapparaissait au tout dernier balcon et, lointaine, hors d'atteinte, même, et infiniment belle, elle agitait la main.

Sourire de chat chez les épouses !

« Regarde-les ! » dis-je à ma femme.

Une femme suspendue dans les airs… une déesse

engendrée par le grand amour dans l'esprit de chaque homme et dont les pieds délicats ne devaient pas toucher terre. Il fallait la laisser sur son invisible piédestal. Regardez ça ! Attention ! Ah, surtout qu'on ne me dise pas comment c'est fait ! Que c'est beau de la voir flotter ainsi, cette femme... Flotter et *rêver*.

Et cet homme qui faisait virevolter des assiettes, des globes, des étoiles, des torches, pendant que des cerceaux tournoyaient au pli de ses coudes et qu'une plume bleue se maintenait en équilibre sur son nez, tout cela à la fois, et au prix de quel effort ! *Cet homme n'est autre,* me disais-je, *qu'un mari oscillant entre travail et domicile, ville et banlieue, un amant, un employé, un consommateur de déjeuners sur le pouce, habitué à jongler avec les horaires, les somnifères, les tranquillisants, les comptes bancaires et les budgets*.

De toute évidence, aucun d'entre nous n'était là pour s'évader du monde extérieur — plutôt pour le recevoir en pleine figure sous forme plus digeste, plus éclatante, propre, vive, nette ; spectacle à la fois réconfortant et mélancolique.

Qui, dans sa vie, n'avait vu disparaître une femme ?

Là-haut, sur la scène toute de peluche et de noir, des femmes, mystères de talc et de pétales de rose, disparaissaient aussi. Statues d'albâtre crème, sculptures de lis d'été et de pluies fraîches parties en eaux de rêves, rêves qui devenaient miroirs inhabités lorsque le magicien tendait vers eux une main avide.

Qu'on les représente dans des malles, des boîtes enchâssées ou des filets de pêcheurs déployés, ou bien qu'elles s'émiettent comme porcelaine au coup de feu du prestidigitateur, les femmes disparaissaient.

Symbolique, me dis-je. *Pourquoi les magiciens braqueraient-ils des pistolets sur de ravissantes assistantes si ce n'était pas le fait de quelque pacte secret avec l'inconscient masculin ?*

« Quoi ? me demanda ma femme.

— Hmm ?

— Tu marmonnais.

— Pardon. » Je parcourus le programme. « Ah ! Bientôt le tour de mademoiselle Vif-Argent. La seule femme pickpocket au monde !

— J'ai du mal à y croire », commenta doucement mon épouse. Dans la pénombre, je crus voir jouer un sourire sur ses lèvres, mais quel en était le sens, je n'aurais su le dire.

L'orchestre bourdonnait comme un essaim serein.

Le rideau s'ouvrit.

Sous nos yeux, sans plus de cérémonie, sans tourbillon de cape ni révérence aucune, rien qu'une inclinaison de tête fort condescendante et une imperceptible élévation du sourcil gauche, se tenait mademoiselle Vif-Argent.

En la voyant claquer des doigts, je crus qu'elle allait faire un numéro de chiens.

« Des volontaires. Tous des *hommes.*

— Reste là. » Ma femme me retint par la manche.

Car je m'étais levé.

Il y eut du remue-ménage. Une meute hurlante et pourtant silencieuse obéit au claquement de ces doigts livides en se pressant (ou en se ruant ?) sur scène.

Il m'apparut aussitôt que mademoiselle Vif-Argent était la femme qui n'avait cessé de disparaître toute la soirée.

Ces gens tournent à l'économie, songeai-je *; chacun fait double emploi. Et cette femme ne me plaît pas.*

« Quoi ? s'enquit ma femme.

— J'ai encore pensé tout haut ? »

En fait, mademoiselle Vif-Argent excitait ma curiosité. On aurait juré qu'elle avait filé en coulisse, endossé un tailleur en tweed tout froissé, un peu trop grand pour elle, taché de sauce et de graisse, puis volontairement ébouriffé sa chevelure et maladroitement redessiné ses lèvres, et qu'au moment où elle allait emprunter l'entrée des artistes on lui avait crié : « C'est à vous ! »

Alors elle était là, avec ses souliers plats et son nez qui brillait, les mains mobiles mais le visage inexpressif, puisqu'il fallait y aller…

Fermement plantée sur ses pieds, elle attendait, les poings enfoncés dans ses poches déformées, la bouche peu amène, que les volontaires bornés montent sur scène en bons chiens fidèles.

Elle aligna la meute en distribuant quelques petites tapes, et le résultat fut digne d'une revue de détail.

L'assistance attendait.

« Et voilà ! Le numéro est terminé ! À vos places ! »

Nouveau claquement de doigts sans charme.

Atterrés, les hommes échangèrent des regards penauds et s'en retournèrent la queue basse. Elle les laissa arriver jusqu'au milieu de l'escalier obscur, puis bâilla.

« Vous n'oubliez rien ? »

Ils se retournèrent, avides.

« Tenez. »

Avec un sourire digne des vins les plus secs, elle décoinça paresseusement un portefeuille d'une de ses poches. Puis elle en tira un autre de sous son manteau. Suivi d'un troisième, un quatrième, un cinquième ! Dix portefeuilles en tout !

Elle les tendit, tels des biscuits, aux chiens fidèles.

Les hommes cillèrent. Ce ne pouvaient être leurs portefeuilles ! Ils n'avaient passé qu'un instant sur scène. Elle ne les avait côtoyés qu'au passage. Ce devait être une plaisanterie. Sans doute leur offrait-elle des portefeuilles neufs, avec les compliments de la troupe !

Ils se tâtèrent telles des sculptures découvrant des défauts invisibles dans leur armature antique et hâtivement assemblée. Les mâchoires se décrochèrent, les mains s'affolèrent, tapotèrent les poches de poitrine, explorèrent les poches.

Pendant ce temps, sans leur prêter la moindre attention mademoiselle Vif-Argent triait tranquillement les portefeuilles, comme on met de l'ordre dans le courrier du matin.

À cet instant précis je remarquai le dernier homme de la rangée, au bout de la scène. Je portai mes jumelles de théâtre à mes yeux. Je le dévisageai une fois. Puis une autre.

« Ma foi, dis-je avec légèreté, il semble qu'il y ait là un homme qui me ressemble comme un frère.

— Ah ? » fit ma femme.

Je lui tendis négligemment les jumelles. « Tout à fait à droite.

— Cet homme n'est pas ton frère, constata-t-elle. C'est *toi* !

— Enfin, presque », rectifiai-je modestement.

L'homme avait assez belle allure. Vraiment, ce n'était pas très élégant de se contempler soi-même en prononçant un verdict favorable. Ce faisant, une sensation de froid s'empara de moi. Je repris les jumelles et opinai, fasciné. « Cheveux très courts. Lunettes à monture d'écaille. Teint rose. Yeux bleus…

— Ton jumeau jusque dans les moindres détails ! » s'écria mon épouse.

Et c'était exact. Étrange, de se regarder soi-même sur scène tout en restant assis dans le public.

« Non, non, non », murmurai-je sans relâche.

Et pourtant, ce que mon esprit refusait d'admettre, mes yeux l'acceptaient. N'y a-t-il pas deux milliards d'individus en ce monde ? Si ! Comme les flocons de neige — tous différents, pas deux pareils ! Et voilà que sous mon nez, au risque de léser mon ego et ma complaisance, se présentait un moulage des mêmes absolus, issu d'une matrice identique.

Fallait-il y croire, douter, en concevoir de la fierté, ou encore fuir, épouvanté ? Ce que j'avais devant moi, c'était l'incarnation de la clémence divine.

« Je ne crois pas, dit Dieu, en avoir déjà créé un comme celui-ci. »

Et moi, dans ma transe, mon ravissement, mon inquiétude mêlées, je me disais : *Dieu se trompe.*

Des extraits de vieux manuels de psychologie me revenaient à l'esprit par illuminations successives.

Hérédité. Milieu.

« Smith ! Jones ! Helstrom ! »

Sur scène, mademoiselle Vif-Argent faisait l'appel d'une voix de sergent-instructeur et restituait les objets volés à leurs propriétaires.

On emprunte son physique à tous ses ancêtres, songeai-je. *Hérédité.*

Mais le corps n'était-il pas un milieu en soi ?

« Winters ! »

Le milieu, nous dit-on, nous entoure. Mais le corps, n'entoure-t-il pas aussi, avec ses lacs, ses architectures osseuses, ses surabondances, ses friches de l'âme ? Si fait, il entoure, comme la chose entrevue dans une fugitive fenêtre-miroir, comme un visage en sereine chute de neige ou au contraire en abîme grêlé, comme des mains-cygnes ou des mains-moineaux, des pieds-enclumes ou oiseaux de paradis, un corps-sac de farine informe ou un corps-fougère d'été, oui, comme ces choses vues colorent l'esprit, fixent l'image, modèlent le cerveau et la psyché telle une vulgaire argile ! Si fait… !

« Bidwell ! Rogers ! »

Dans ce cas, puisque pris au piège du même milieu de chair, comment cet inconnu sur la scène pouvait-il exister ?

J'eus envie, à la manière du temps jadis, de me lever en lançant : « Quelle heure est-il ? »

Et lui, tel le crieur municipal passant tard dans les rues, mais avec mon visage à moi, m'aurait répondu d'une voix un peu lugubre : « Neuf heures, et tout va bien… »

Mais était-ce vrai pour *lui* ?

Question : ces montures en écaille traitaient-elles non une simple déficience lumineuse, mais une myopie de l'esprit ?

Question : la tendance à l'obésité qui se plaquait contre son squelette était-elle représentative d'une semblable accumulation de tissu dans sa tête ?

En somme, son âme filait-elle au nord tandis que la mienne filait au sud, auquel cas la même chair nous habillait tandis que nos deux esprits étaient tournés l'un vers l'hiver, l'autre vers l'été ?

« Mon Dieu ! dis-je tout haut. Et si nous étions *en tout point* identiques ?

— Chut ! » fit une femme derrière moi.

Je déglutis péniblement.

Et, songeai-je, *s'il est gros fumeur, s'il a le sommeil léger, s'il mange trop, s'il est maniaco-dépressif, s'il a la langue bien pendue, s'il est superficiel/réfléchi, et amateur de chair fraîche…*

Avec ce physique-là, ce visage-là, il ne pouvait en être autrement. Même nos noms devaient être identiques.

Nos noms !

« ... l... bl... er... »

Mademoiselle Vif-Argent venait de prononcer le sien !

Malheureusement, quelqu'un toussa dans la salle et je ne l'entendis pas.

Elle allait peut-être répéter. Mais non, voilà que mon jumeau s'avançait. Flûte ! Il fallait qu'il trébuche ! Le public rit.

Je réglai promptement mes jumelles.

Mon jumeau se tenait bien tranquillement au centre de la scène ; son portefeuille avait regagné ses mains maladroites.

« Tiens-toi droit ! soufflai-je. Les épaules en arrière.

— Chut ! » dit ma femme.

Je carrai discrètement les épaules.

Je ne savais pas que j'avais si belle allure, me dis-je en appliquant fermement les oculaires contre mes yeux. *Que mes narines étaient aussi finement dessinées, aussi aristocratiques. Et mon teint, est-il vraiment aussi frais, aussi séduisant ? Mon menton aussi ferme ?*

Je rougis en silence.

Après tout, si mon épouse confirmait qu'il s'agissait bien de moi, autant l'accepter ! Sur son visage, la flamme de l'intelligence pure irradiait doucement de chaque pore.

« Les jumelles. » Ma femme me poussa du coude.

Je les lui passai de mauvaise grâce.

Elle les braqua avec raideur non sur l'inconnu mais sur mademoiselle Vif-Argent, laquelle mignardait en faisant une nouvelle fois les poches des hommes qui se tenaient près d'elle. De temps en temps mon épouse lâchait de petites rafales de reniflements et autres gloussements satisfaits.

Mademoiselle Vif-Argent était la déesse Shiva incarnée !

On ne savait plus si elle avait deux mains ou bien neuf. Et ces mains étaient une volière à elles seules — elles battaient des ailes, froufroutaient, tapotaient, prenaient leur essor, cajolaient, tournoyaient, chatouillaient à mesure que mademoiselle Vif-Argent, sans se départir de sa neutralité, essaimait froidement autour de ses proies, à grand renfort d'effleurements qui n'en étaient pas.

« Voyons, qu'y a-t-il dans cette poche ? Et dans celle-là ? Et ici, qu'y a-t-il ? »

Elle secouait leurs gilets, pinçait leurs revers, faisait sonner leurs pantalons aux poches pleines de monnaie. Elle leur donnait de petits coups d'index vindicatifs, comme on tape un total sur une caisse enregistreuse. Elle déboutonnait les vestes avec des gestes à la fois virils et fragiles, restituait des portefeuilles et recommençait aussitôt à les subtiliser. Elle les poussait dans les mains de leur propriétaire, puis s'en emparait, les volait à nouveau, prélevait des billets qu'elle comptait derrière le dos des hommes avant de leur piquer leur montre en profitant de ce qu'elle leur tenait la main.

Voici qu'elle avait pris dans ses rets un médecin tout vif !

« Avez-vous un thermomètre buccal sur vous ? lui demanda-t-elle.

— Mais certainement. » Il chercha dans ses poches. Tout à coup, ses traits exprimèrent l'affolement. Il fouilla une nouvelle fois ses poches. Le public lui servit sa réplique sous forme de rires tonitruants. Un coup d'œil lui permit de découvrir :

Mademoiselle Vif-Argent, le thermomètre dans la bouche telle une cigarette en attente d'allumette. Elle l'ôta d'un geste, le consulta.

« Température ! s'exclama-t-elle. Quarante-trois degrés ! »

Elle ferma les yeux et gratifia l'assistance d'un frémissement de hanches tout à fait insincère.

Les spectateurs rugirent. Puis elle se mit à agresser ses victimes, à les rudoyer, à tirailler sur leur chemise, à ébouriffer leurs cheveux ; enfin elle s'enquit : « Vous n'avez pas de cravate ? »

Les hommes plaquèrent vivement leurs mains sur leurs cols dénudés.

Elle tira les cravates de nulle part et les leur lança.

Cette femme était un aimant qui attirait, à l'insu de tous, porte-bonheur, médailles saintes, monnaies romaines, bouts de billets de théâtre, mouchoirs, épingles de cravate, pendant que le public cédait à l'émeute, convulsé de rire au spectacle de ces hommes-lapins dépouillés de toute fierté et de toute protection.

Surveilliez-vous votre poche de pantalon qu'elle nettoyait celles de votre gilet. Agrippiez-vous votre gilet qu'elle dévalisait votre pantalon. Béatement morfondue, à la fois ferme et évanescente, elle vous persuadait que vous n'aviez rien oublié, et là-dessus, avec un léger dégoût, elle extrayait l'objet de ses replis de tweed.

« Qu'avons-nous là ? » Elle brandit une lettre. « "Chère Helen, La nuit dernière, toi et moi"… »

Les joues furieusement cramoisies, la victime en vint aux mains avec mademoiselle Vif-Argent, lui reprit promptement la lettre et la fit disparaître. Malheureusement, un instant après elle était à nouveau volée et relue à haute voix : « "Chère Helen, La nuit dernière…" »

La bataille faisait rage. Une femme contre dix hommes.

Elle en embrassa un et en profita pour lui voler sa ceinture.

À un autre, elle subtilisa les bretelles.

Dans l'assistance, les femmes hennissaient.

Sous le choc, les hommes se joignaient à elles.

Quel talent pour rudoyer les gens, cette mademoiselle Vif-Argent ! Quel art de donner la fessée à ses chers hommes redevenus gamins, avec leur sourire de demeurés et leur air d'avoir fait une bêtise ! Elle savait à merveille les faire pirouetter comme les Indiens en bois peint jadis plantés devant les marchands de cigares, les culbuter d'un coup de hanche brontosaurienne ou prendre appui sur eux comme sur les piquets bicolores signalant autrefois les barbiers dans la rue, tout en donnant à chacun de petits noms !

Cette soirée, me dis-je, relève de la pure démence ! Tout autour de moi s'essoufflaient à force de rire des épouses que le mépris rendait hilares et qui, voyant leur passe-temps national aussi pitoyablement révélé, en devenaient hystériques. Leurs maris, eux, restaient confondus, comme si venait de s'achever une guerre jamais déclarée, une guerre livrée et perdue avant qu'ils aient pu lever le petit doigt. Chacun de mes voisins arborait la terrible expression de celui qui craint de se découvrir la gorge tranchée, s'attend qu'un éternuement suffise à remplir la travée de têtes coupées…

Vite ! songeai-je. *Fais quelque chose !*

« Toi, là-bas, sur scène ! Oui, toi, mon jumeau ! Fuis ! Mais fuis donc ! »

Voilà qu'elle marchait sur lui !

« Sois ferme ! dis-je à mon jumeau. De la tactique ! Esquive, louvoie. Zigzague. Ne regarde pas là où elle te dit de regarder. Mais au contraire où elle ne dit *pas* de regarder. Vas-y ! Allez ! »

Ai-je hurlé ces mots, ou bien les ai-je simplement réduits en poudre entre mes dents ? Je ne le saurai jamais, car à ce moment-là mademoiselle Vif-Argent a pris mon jumeau par la main et les autres hommes se sont figés.

« Attention ! » soufflai-je.

Trop tard. Sa montre avait déjà disparu. Et il n'en savait rien. *Ta montre n'est plus là !* pensai-je. *Il ne sait plus quelle heure il est*, pensai-je encore.

Mademoiselle Vif-Argent caressa le revers de sa veste. *Arrière !* m'avisai-je.

Trop tard. Son stylo-plume à quarante dollars s'était envolé. Et il l'ignorait. Elle lui tordit légèrement le nez. Il sourit. L'idiot ! Il pouvait dire adieu à son portefeuille. *Ce n'était pas à ton nez qu'il fallait faire attention, crétin, mais à ta veste !*

« Des épaulettes ? » Elle lui pinça l'épaule. Il baissa les yeux sur son bras droit. *Non !* m'écriai-je intérieurement : elle avait extrait des lettres de la poche gauche de sa veste. Elle lui planta un baiser tout rouge sur le front et, en s'écartant enfin, emporta avec elle tout ce qu'il avait eu d'autre sur lui : monnaie, papiers d'identité, un petit paquet de chocolats qu'elle mangea goulûment. *Sers-toi donc de tes sens les plus primitifs, ceux que le Seigneur a aussi donnés aux vaches !* hurlai-je derrière la façade de mon visage. *Tu es donc aveugle ? Tu ne vois donc pas ce qu'elle est en train de faire ?*

Elle le fit pivoter sur place, le jaugea d'un coup d'œil puis déclara : « C'est à vous, ça ? » en lui rendant sa cravate.

Ma femme ne se contrôlait plus. Elle gardait les jumelles braquées sur la moindre nuance, la moindre vibration de dépossession exprimées par le visage du pauvre imbécile. Le sentiment de triomphe lui faisait une bouche grimaçante.

Mon Dieu ! m'exclamai-je dans le vacarme ambiant. *Mais descends donc de là !* renchéris-je intérieurement, en regrettant de ne pouvoir m'extérioriser. *Fiche le camp tant qu'il te reste un peu de fierté !*

Dans la salle, les rires étaient entrés en éruption comme un véritable volcan ; ils étaient à la fois aigus, grondants et de mauvais augure. On se serait cru dans une espèce de caverne mal éclairée où la seule source de lumière était une fièvre malsaine, une forme d'incandescence. Mon jumeau voulait briser le sort qui le maintenait prisonnier comme les chiens de Pavlov, mais pour lui aussi il y avait eu trop de sonneries, pendant de trop nombreux jours d'affilée : pas de récompense, pas de nourriture. Devant l'aberration de sa fâcheuse situation, il en avait les yeux vitreux.

Tombe ! Saute dans la fosse ! Rampe s'il le faut mais va-t'en ! songeai-je.

Les violons de l'orchestre sciaient sa funeste destinée, aidés en cela par des trompettes dignes de la Walkyrie.

D'un dernier geste agile, d'un ultime tortillement général où son mépris ne perçait que trop bien, mademoiselle Vif-Argent saisit la chemise bien propre et bien blanche de mon jumeau et, d'un coup, l'arracha !

Elle la jeta en l'air. Au moment où le vêtement retomba, ce fut au tour du pantalon privé de ceinture de s'affaisser brusquement. Aussitôt l'assistance se plia en deux de rire. Une onde de choc aux allures d'avalanche s'éleva d'un coup jusqu'aux poutres du plafond pour rouler ensuite au-dessus de nos têtes par vagues de tonitruante hilarité.

Le rideau tomba.

Nous restions tous immobiles, ensevelis sous un monceau d'invisibles gravats. Vidés de notre sang, enfouis sous les révolutions successives, rabaissés, autopsiés et, éloge funèbre excepté, jetés à la fosse commune, nous les hommes contemplions momentanément le rideau derrière lequel se cachaient la pickpocket et ses victimes tandis qu'un homme remontait bien vite son pantalon sur ses jambes maigrichonnes.

Une bouffée d'applaudissements, marée prolongée sur le sable sombre. Mademoiselle Vif-Argent ne revint pas saluer. Elle n'en avait nul besoin. Elle se tenait derrière le rideau. Je pressentais sa présence, sans sourire ni expression aucune. Elle se contentait froidement d'estimer le volume des acclamations en le comparant aux souvenirs pareillement calibrés qu'elle conservait des représentations précédentes.

Fou de rage, je bondis sur mes pieds. J'avais tout de même été incapable de me porter assistance ! Là où j'aurais dû faire le mort, je me redressai de toute ma hauteur ; là où j'aurais dû battre en retraite, je fonçai tête la première. Quel âne !

« Magnifique spectacle ! » commenta mon épouse tandis que nous faisions du surplace au milieu de la foule regagnant la sortie.

« Magnifique, en effet ! m'écriai-je.

— Ça ne t'a pas plu ?

— Si, à part la pickpocket. Un peu téléphoné, son numéro ; elle en fait trop, ça manque de subtilité, ajoutai-je en allumant une cigarette.

— Elle est drôlement forte !

— Par ici. » Je poussai mon épouse vers la porte donnant sur les coulisses.

« Naturellement, fit-elle placidement, l'homme qui te ressemblait était un complice. Je crois qu'on appelle ça des barons. Ils sont payés par l'établissement pour prendre place dans le public.

— Aucun homme n'accepterait d'être rétribué pour jouer un rôle pareil, contrai-je. Non, ce n'était qu'un gogo trop bête pour faire attention à lui.

— On peut savoir ce que nous faisons ici ? »

Nous regardions autour de nous en battant des cils : nous étions dans les coulisses.

Peut-être avais-je l'intention de m'approcher à grands pas de mon jumeau et de lui crier sous le nez : « Espèce de bœuf mal cuit ! Vous êtes une insulte jetée à la face de tous les hommes ! Alors comme ça, il suffit qu'on vous joue de la flûte pour que vous vous mettiez à danser ? Qu'on vous chatouille le menton et hop ! vous gigotez comme le pantin que vous êtes ! »

La vérité était naturellement que quelque chose me poussait à aller voir mon jumeau de plus près, à affronter le traître et à m'assurer que, çà ou là, son enveloppe charnelle à *lui* différait bien de la mienne. Après tout, *moi* je m'en serais tout de même mieux sorti, non ?

Les coulisses étaient éclairées par des efflorescences lumineuses et des rougeoiements isolés ; on y voyait bavarder entre eux les autres magiciens. Et là, là… mademoiselle Vif-Argent !

Et là, là… souriant, mon jumeau !

« Tu t'en es bien tiré, Charlie », fit mademoiselle Vif-Argent.

Mon jumeau s'appelait donc Charlie. Quel nom idiot.

Charlie tapota la joue de mademoiselle Vif-Argent. « Non, c'est toi qui es formidable, ma grande. »

Mon Dieu, c'était donc vrai ! Un baron, un affidé ! Et payé combien ? Cinq, dix dollars pour se laisser arracher sa chemise, se voir dépouiller de son pantalon en même temps que de sa dignité ? Le traître, le félon !

Je restai là à le foudroyer du regard.

Il releva les yeux.

Peut-être même me vit-il.

Peut-être un peu de ma fureur et de mon chagrin rentré arriva-t-il jusqu'à lui.

Il ne soutint qu'un instant mon regard, bouche bée, comme s'il venait de reconnaître un ancien camarade d'école. Malheureusement, incapable de retrouver mon nom, il ne pouvait pas m'apostropher ; alors il ne fit rien.

Il vit bien à quel point j'enrageais et blêmit. Son sourire mourut sur ses lèvres. Il détourna promptement les yeux. Sans plus regarder vers moi, il feignit d'écouter mademoiselle Vif-Argent, qui bavardait en riant avec les autres magiciens.

Je ne le quittais pas du regard. La sueur lui huilait le visage. Ma colère, elle, fondit. Ma rage refroidit. Je distinguai nettement son profil, son menton, ses yeux, son nez, la racine de ses cheveux au sommet de son front ; je mémorisai le tout. Là-dessus, j'entendis une voix dire : « Magnifique spectacle ! »

Mon épouse, qui s'avançait, serra la main du monstre, la pickpocket.

Une fois dans la rue, je commentai : « Ma foi, je suis rassuré.

— À quel propos ?

— Cet homme ne me ressemble pas du tout, en fait. Il a le menton trop pointu. Le nez trop petit. La lèvre inférieure pas assez pleine. Les sourcils trop épais. Sur la scène, comme ça, de loin, il m'a eu. Mais de près, non, rien à faire. Ce qui nous a induits en erreur, ce sont les cheveux très courts et les montures en écaille. Et ça, n'importe qui peut en avoir.

— En effet, acquiesça ma femme, n'importe qui. »

En la voyant monter en voiture, je n'ai pas pu m'empêcher d'admirer ses longues jambes — superbes.

Une fois que j'eus démarré, je crus entrevoir parmi les passants le même visage familier. Mais cette fois, c'était lui qui me regardait. Toutefois, je n'étais plus sûr de rien. Les ressemblances, je le savais à présent, n'étaient jamais que superficielles.

Le visage disparut dans la foule.

« Je n'oublierai jamais, reprit ma femme, le moment où il a perdu son pantalon ! »

Je roulai très vite, puis très lentement, sur tout le chemin du retour.

ÉCHANGE

Trop de fiches dans le fichier, trop de livres sur les rayonnages, trop d'enfants rieurs dans la salle qui leur était réservée, trop de journaux à plier et à empiler sur les présentoirs…

Bref, trop de tout. Miss Adams lissa ses cheveux gris en arrière de son front ridé, ajusta son pince-nez à monture d'or et agita la petite sonnette en argent posée sur le bureau de la bibliothèque tout en actionnant à plusieurs reprises les interrupteurs commandant aux diverses sources lumineuses. L'exode d'adultes et d'enfants fut épuisant. Miss Ingraham, l'assistante-bibliothécaire, était partie plus tôt que d'habitude parce que son père était malade, ce qui faisait entièrement peser sur les épaules de miss Adams la corvée consistant à tamponner, enregistrer et vérifier les livres qui sortaient.

Enfin le dernier volume fut estampillé, le dernier enfant avalé par les grands battants sertis de cuivre, la porte verrouillée ; prise d'une immense lassitude, miss Adams revint s'enfoncer dans un silence lourd de quarante années de livres, quarante années passées à monter la garde auprès d'eux, et s'accorda une longue pause devant le grand bureau.

Elle posa ses lunettes sur le buvard vert, serra l'arête de son nez délicat entre pouce et index et resta un instant dans cette position, les yeux fermés. Quel tintamarre ! Tous ces enfants qui peignaient avec les doigts sur la première page des ouvrages, quand ils n'y ajoutaient pas des dessins humoristiques, ou qui faisaient du vacarme avec leurs patins à roulettes ! Tous ces lycéens qui débarquaient avec force éclats de rire et repartaient la bouche pleine de chansons ineptes !

Elle s'empara de son tampon en caoutchouc et entreprit de sonder ses fichiers en arrachant les erreurs comme des mauvaises herbes, tous doigts murmurant entre Dante et Darwin.

Au bout d'un moment elle entendit de petits coups frappés sur la vitre de la porte principale et vit dehors l'ombre d'un homme, qui demandait à être admise. Elle fit non de la tête. Mais la silhouette insista sans bruit, en s'exprimant par gestes.

Miss Adams soupira et, en ouvrant, découvrit sur le seuil un jeune homme en uniforme. « Il est tard, dit-elle. Nous sommes fermés… capitaine, ajouta-t-elle en voyant son insigne.

— Attendez ! dit l'autre. Vous ne vous souvenez pas de moi ? »

La voyant hésiter, il répéta : « *Vous ne vous souvenez pas ?* »

Elle le dévisagea, tentant d'extraire la lumière de l'ombre. « En effet, je me souviens de vous, déclara-t-elle enfin. Autrefois, vous veniez nous emprunter des livres.

— C'est cela.

— Mais il y a bien longtemps. Oui, cela me revient maintenant. »

Elle s'efforça de le revoir tel qu'il était à une autre époque, mais son visage juvénile refusait de se préciser, de s'accompagner d'un nom ; alors il lui prit les deux mains.

« Puis-je entrer ?

— Ma foi… » Elle hésita. « Oui. »

Le jeune homme sur les talons, elle gravit les quelques marches conduisant au grand crépuscule de livres. Le soldat regarda tout autour de lui puis vida lentement ses poumons ; il prit un livre, le tint sous son nez, respira, passa bien près de rire.

« Ne faites pas attention, miss Adams. Vous avez déjà flairé un livre neuf ? La reliure, les pages, les caractères… C'est comme l'odeur du pain frais quand on a faim. » Il promena son regard autour de lui. « D'ailleurs, j'ai faim, mais je ne sais pas de quoi. »

Il y eut un silence, dont elle profita pour lui demander pour combien de temps il était là.

« Quelques heures seulement. Je viens de New York en train, et je rallie L.A. par le même moyen, alors je me suis arrêté à Chicago et j'ai fait un petit détour, histoire de revoir les lieux de mon enfance, les amis aussi. » Ses yeux se troublèrent et il se mit à martyriser son couvre-chef en le retournant inlassablement entre ses longs doigts minces.

« Quelque chose ne va pas ? interrogea-t-elle avec douceur. Je peux vous aider ? »

Il jeta un coup d'œil, par la fenêtre, à la ville plongée dans une pénombre que seules venaient percer les lumières des petites maisons d'en face.

« J'ai été surpris, dit-il.

— Par quoi ?

— Je ne sais pas très bien à quoi je m'attendais. C'était idiot de ma part… », ajouta-t-il en posant alternativement son regard sur la bibliothécaire et sur les fenêtres, « … de croire que quand je m'en irais, tout se figerait, tout resterait tel quel en attendant que je revienne. Que dès l'instant où je descendrais du train, tous mes copains d'autrefois s'animeraient brusquement et accourraient vers la gare pour me souhaiter la bienvenue. Oui, j'ai été bien bête.

— Mais non, répondit-elle en retrouvant un peu d'aisance. Il me semble que nous nous faisons tous cette idée-là. Moi-même j'ai fait un séjour à Paris quand j'étais jeune fille, et en y retournant à quarante ans j'ai été scandalisée que personne ne m'ait attendue, que certains immeubles aient disparu et que le personnel de l'hôtel où j'étais descendue la première fois soit décédé, à la retraite ou en poste ailleurs. »

Il acquiesça mais parut incapable de poursuivre.

« Quelqu'un savait que vous reveniez ? s'enquit-elle.

— J'ai écrit à certaines personnes, mais je n'ai reçu aucune réponse. Je me suis dit : bon, ils doivent être occupés, mais ils seront là quand même. Eh bien, je me trompais. »

Elle sentit les mots franchir la barrière de ses lèvres, non sans une certaine surprise. « Moi, je suis toujours là.

— C'est vrai, fit-il avec un bref sourire. Et vous ne pouvez pas savoir à quel point je m'en réjouis. »

Il la contemplait à présent avec une telle intensité qu'elle fut obligée de détourner les yeux. « Vous savez, reprit-elle, je dois avouer que votre visage ne m'est pas inconnu, mais je n'arrive pas vraiment à le faire coïncider avec le garçon qui fréquentait ces lieux…

— Il y a vingt ans, oui ! Quant au visage qu'il avait, lui, cet autre individu, cet autre moi, ma foi… »

Il tira de sa poche un portefeuille d'assez petite taille contenant une dizaine de photographies et lui tendit un cliché qui représentait un garçonnet d'environ douze ans au sourire espiègle et aux cheveux blonds tout en désordre ; on aurait dit que d'une seconde à l'autre il allait jaillir des quatre marges blanches.

« Ah, oui. » Miss Adams ajusta une nouvelle fois son pince-nez et ferma les yeux pour mieux se souvenir. « Celui-là. Spaulding. William Henry Spaulding ? »

Le jeune homme hocha la tête et riva un regard anxieux sur la photographie qu'elle tenait toujours.

« Est-ce que j'étais très turbulent ?

— Oui. » Elle opina, rapprocha la photo de ses yeux puis regarda le jeune homme. « Une vraie petite peste. Mais je vous aimais beaucoup.

— C'est vrai ? » Son sourire s'élargit.

« Malgré tout, oui. »

Au bout d'un instant il reprit : « Et maintenant, vous m'aimez encore ? »

Elle regarda à droite puis à gauche, comme si les empilements indistincts détenaient la réponse à la question.

« Un peu trop tôt pour le dire, vous ne croyez pas ?

— Pardonnez-moi de l'avoir posée.

— Non, non, c'est une bonne question au contraire. Mais l'avenir y répondra. Allons, ne restons pas plantés là comme les amis qui vous ont fait défaut. Suivez-moi. Je viens de prendre une dernière tasse de café. Peut-être en reste-t-il un peu. Donnez-moi votre calot. Et enlevez votre manteau. Le fichier est là-bas. Allez donc consulter vos anciennes fiches, juste histoire de vous replonger dans le passé.

— Ah bon ? s'étonna-t-il. Elles sont toujours là ?

— Une bibliothécaire, ça garde tout. On ne sait jamais qui va débarquer par le prochain train. »

En revenant avec le café, elle le trouva absorbé par le spectacle du fichier comme un oiseau fixant du regard un nid à demi vide. Il lui tendit une vieille fiche tamponnée de violet.

« Dites donc, j'en ai emprunté, des livres !

— Vous les preniez par dix. Je vous l'interdisais, mais vous les sortiez quand même. Et non seulement ça, ajouta-t-elle, mais vous les *lisiez* ! Tenez. » Elle posa la tasse de café sur le fichier et le regarda extraire une fiche périmée après l'autre en riant tout bas.

« Incroyable. À croire que je n'ai jamais quitté la ville. Je peux les prendre, aller m'asseoir un moment avec ? » dit-il en montrant les fiches. Elle acquiesça. « Vous voulez bien me faire visiter ? Il y a peut-être des choses que j'ai oubliées. »

Elle secoua la tête et le prit par le coude. « Ça m'étonnerait. Venez. Par ici, nous avons naturellement la section Adultes.

— Je vous ai suppliée de me laisser franchir le pas quand j'ai eu treize ans. Vous disiez que je n'étais pas prêt. Pourtant...

— Je vous ai laissé y aller quand même ?

— Oui. Et je vous en remercie infiniment. » Une nouvelle idée lui vint et il baissa les yeux sur la bibliothécaire.

« Dans le temps, vous étiez plus grande que moi. »

Elle releva sur lui un regard amusé.

« J'ai remarqué que cela se produisait souvent dans ma vie, mais *ça* je peux toujours le faire. »

Il n'eut pas le temps de réagir : déjà elle lui pinçait bien fort le menton entre pouce et index. Il leva les yeux au plafond et dit : « Je me souviens. Quand j'étais vraiment insupportable, vous me teniez comme ça, vous vous baissiez pour me regarder bien en face et vous fronciez les sourcils. C'était ça, le froncement de sourcils, qui me faisait le plus d'effet. Une fois que vous m'aviez pincé le menton une dizaine de secondes, je me tenais tranquille pendant des jours. »

Elle opina et lui lâcha le menton. Il s'empressa de le frotter et, tandis qu'ils poursuivaient leur visite, rentra la tête dans les épaules sans regarder la bibliothécaire.

« Pardon, j'espère que vous ne m'en voudrez pas, mais quand j'étais petit, quand je vous regardais derrière votre bureau, tellement plus haute que moi, à la fois si proche et si lointaine, je ne sais pas très bien comment dire mais… pour moi vous étiez Mme Dieu, et la bibliothèque un univers à elle seule ; tous les lieux, toutes les personnes, toutes les choses qui m'intéressaient, j'avais l'impression que vous me les apporteriez sur un plateau. » Il se tut et rougit. « Et vous me les apportiez. À la demande. Il y avait toujours un endroit que je ne connaissais pas, un pays que je n'avais pas visité, et vous m'y emmeniez. Et cela, je ne l'ai jamais oublié. »

Elle embrassa lentement du regard les milliers de livres qui les entouraient. « C'est vraiment comme cela que vous m'appeliez ?

— Mme Dieu ? Oh, oui. Souvent. Toujours, même.

— Venez », fit-elle enfin.

Ils firent ensemble le tour des salles, puis descendirent aux archives « Périodiques » ; tandis qu'ils remontaient, il s'appuya soudain à la rampe et la serra bien fort.

« Miss Adams…

— Qu'y a-t-il, capitaine ? »

Il soupira. « J'ai peur. Je ne veux pas m'en aller. Oui, j'ai peur. »

La main de la vieille dame alla toute seule se poser sur son bras et là, dans la pénombre, elle finit par lui dire : « Parfois… moi aussi j'ai peur. Mais vous, qu'est-ce qui vous effraie ?

— Je ne veux pas repartir sans dire au revoir. Au cas où je ne reviendrais plus, je voudrais retrouver tous mes amis, leur serrer la main, leur donner des claques dans le dos, je ne sais pas, moi… échanger des plaisanteries. » Il attendit un instant, puis reprit : « Seulement, je me promène en ville et personne ne me reconnaît. Ils ne sont plus là. »

Le battant de l'horloge murale allait et venait, luisant, avec un bruit imperceptible.

À peine consciente de ce qu'elle faisait, miss Adams prit le jeune homme par le bras et l'entraîna vers le haut des marches, tournant le dos au marbre des sous-sols pour pénétrer enfin dans une salle à la décoration bariolée qu'il examina rapidement avant de secouer la tête.

« Ils ne sont pas là non plus.

— En êtes-vous bien sûr ?

— Ma foi, montrez-les-moi. Mes anciens camarades viennent-ils parfois emprunter des livres, pour ensuite les rapporter en retard ?

— Pas souvent, répondit-elle. Mais écoutez-moi. Vous vous rendez compte que Thomas Wolfe se trompait ?

— Wolfe ? Le grand animal littéraire ? Pourquoi ?

— Vous savez bien, ce livre qu'il a écrit…

— *Vous ne pouvez pas revenir* ? devina-t-il.

— Exactement. Eh bien, il se trompait. C'est ici, chez vous. Et vos amis y sont toujours. C'était ici que vous preniez vos quartiers d'été.

— Oui. Avec les mythes. Les légendes. Les rois aztèques. Les méchantes sœurs qui crachaient des crapauds. C'était ici que je vivais pour de vrai. Mais je ne vois pas les miens.

— Attendez. »

Avant qu'il ait pu prononcer une parole, elle alluma une lampe à abat-jour vert qui projeta une lumière intime sur une petite table.

« C'est agréable, n'est-ce pas ? fit-elle. De nos jours… beaucoup trop éclairées, les bibliothèques. Il *doit* y avoir des zones d'ombre, vous ne croyez pas ? Un peu de mystère, quoi. Afin que le soir tard, les animaux sauvages puissent sortir rôder entre les piles de livres et, tapis auprès de cette lumière-jungle, tourner les pages en soufflant dessus. Vous me prenez pour une folle ?

— Je n'ai rien remarqué, non.

— Tant mieux. Assieds-toi. Maintenant que je sais qui tu es, tout me revient d'un coup.

— J'ai du mal à le croire.

— Ah bon ? Tu vas voir. »

Elle disparut entre les piles et revint porteuse de dix ouvrages qu'elle plaça debout et entrouverts, de manière qu'ils tiennent tout seuls et que le jeune homme en déchiffre le titre.

« Pendant l'été 1930, quand tu avais... quoi ? Dix ans ? Tu lisais tout cela en l'espace d'une semaine.

— Oz, Dorothy, le Magicien ? Ça oui ! »

Elle posa d'autres livres à proximité des premiers. « *Alice au pays des merveilles. De l'autre côté du miroir.* Un mois plus tard tu les réempruntais tous les deux. “Mais enfin, t'ai-je dit, tu les as déjà lus ! — Oui, m'as-tu répondu, mais pas assez pour en parler. Je veux être capable de les *raconter à haute voix*.”

— Ça alors, fit tout bas le jeune homme. J'ai vraiment dit ça ?

— Eh oui. Tiens, ceux-là aussi tu les as lus dix fois. Les mythes grecs, romains, égyptiens. Nordiques, chinois. Tu étais littéralement *affamé*.

— Toutankhamon est sorti de sa tombe quand j'avais trois ans. J'ai vu sa photo et elle m'a frappé. Qu'avez-vous encore là ?

— *Tarzan, seigneur de la jungle*. Tu l'as emprunté...

— Trois douzaines de fois ! Et *John Carter, le guerrier de Mars*, quatre ! Bon sang, madame, comment pouvez-vous vous rappeler tout cela ?

— Tu ne voulais plus t'en aller. L'été, tu étais déjà là quand j'ouvrais le matin. Tu rentrais déjeuner, mais parfois aussi tu apportais des sandwiches que tu allais manger dehors, près du lion de pierre, à midi. Certains soirs, quand tu restais trop tard, ton père devait te ramener en te tirant par l'oreille. Comment aurais-je pu oublier un enfant pareil ?

— Peut-être, mais tout de même…

— Tu ne jouais jamais, jamais tu ne te précipitais quand le temps était au base-ball, ou au football, j'imagine. Pourquoi ? »

Il jeta un regard en direction de la porte. « Parce qu'*ils* m'attendaient.

— Qui donc ?

— Vous le savez bien. Ceux qui n'empruntaient jamais de livres. Ceux qui ne lisaient pas. Jamais. Eux. Les *autres*. »

Elle suivit son regard et se souvint. « Ah oui. Les petites brutes. Et pourquoi te poursuivaient-ils, ceux-là ?

— Ils savaient que j'adorais les livres et qu'eux, en revanche, je ne les aimais pas beaucoup.

— Tu as de la chance d'avoir survécu. Je te regardais prendre des livres puis les lire, le dos voûté, en fin d'après-midi. Tu semblais si solitaire.

— Mais non, je les avais *eux*. Les livres. Ils me tenaient compagnie.

— Regarde, en voilà d'autres. »

Elle posa sur la table *Ivanhoé, Robin des Bois* et *L'Île au trésor*.

« Oh ! fit-il. Et voilà ce cher et bien étrange Mr. Poe. Ce que j'ai aimé sa Mort rouge !

— Tu l'as sorti si souvent que je t'ai autorisé à en faire l'emprunt permanent, tant que personne d'autre ne demandait le livre. Ce qui est arrivé au bout de six mois. Quand tu l'as rapporté, j'ai bien vu quel coup terrible cela te portait. Je ne me souviens plus : l'as-tu finalement... ?

— Il est là-bas, en Californie. Vous voulez que je...

— Non, non. Je t'en prie. Alors voilà, tes livres sont là. Attends, je vais t'en chercher d'autres. »

Elle ne rapporta pas les livres par brassées, mais un à la fois, comme si chacun d'entre eux avait une signification spéciale.

Elle entreprit de décrire un cercle à l'intérieur de l'autre cercle, cet alignement de Stonehenge, et tandis qu'elle disposait ainsi les volumes dans un splendide isolement, elle les nommait, puis nommait leurs auteurs, puis ceux qui avaient jadis pris place en face de l'enfant qu'il avait été pour dévorer en silence, en en lisant les plus beaux passages à voix haute, mais doucement, et si joliment que personne ne songeait à dire « Tais-toi », « Silence », ou même *Chut !*

Quand elle eut posé le premier livre apparut une vaste lande couverte de genêts où le hurlevent poussait dans le dos une jeune femme ; la neige commençait à tomber et, quelque part dans le lointain, une voix appelait « Kathy ! », la neige tombait de plus belle et le jeune homme vit une petite fille qu'il accompagnait à l'école quand il avait dix ans ; assise en face de lui, elle gardait les yeux fixés sur la lande battue par le vent, sur la neige et sur cette femme perdue, en une autre saison de l'hiver.

Un deuxième livre trouva sa place sur la table et voilà qu'un cheval noir de toute beauté filait à travers un champ reverdi par l'été, et sur ce cheval une autre fille qui se cachait derrière son livre et osait lui faire passer de petits billets quand il avait douze ans.

Puis il y eut un spectre lointain au visage de vierge de glace ; sa chevelure formait une longue harpe dorée dont jouaient les souffles de l'été. Cette femme qui faisait éternellement voile vers Byzance, où des empereurs se laissaient bercer par des oiseaux d'or chantant dans des cages mécaniques au crépuscule comme à l'aube. Celle aussi qui, éternellement, contournait l'école en en restant le plus loin possible, pour aller se baigner dans le lac, il y avait de cela dix mille après-midi, pour un jour ne plus en revenir, celle qu'on n'avait jamais retrouvée mais qui, tout à coup, accostait au rivage de la lampe ombrée de vert, et ouvrait Yeats pour enfin quitter Byzance et, cette fois, faire voile vers le bercail.

Et à sa droite : John Huff, dont le nom se détachait plus nettement que le reste, qui se vantait d'avoir grimpé dans tous les arbres de la ville sans jamais être tombé, qui sillonnait les potagers en foulant les pastèques aux pieds, sans jamais toucher terre, pour faire pleuvoir des averses de châtaignes d'un seul coup d'un seul, qui jodlait sous votre fenêtre à peine effleurée par le soleil matinal, et qui avait resservi la même rédaction sur Mark Twain quatre années de suite avant que les professeurs s'en aperçoivent, sur quoi il s'était envolé en disant : « Appelez-moi Huck[1]. »

Et à sa droite à *lui*, le pâle rejeton de l'hôtelier local, qui avait toujours l'air de n'avoir pas fermé l'œil depuis sa naissance, qui jurait que toutes les maisons inhabitées étaient hantées et vous y emmenait histoire de vous le prouver, avec une langue juteuse, un nez pincé et des gargouillis gutturaux qui sonnaient le trépas de l'interminable octobre, la chute terrible, indicible, de la maison Usher.

Et à côté de celui-là, encore une autre fille.

Et à côté de celle-là…

Et plus loin encore…

Miss Adams posa un dernier livre et le jeune homme revit la blonde créature d'antan qui, à l'époque où ces choses n'étaient pas formulées, avait un jour relevé les yeux sur lui et, dans l'innocence de ses douze ans — alors qu'elle avait, elle, la sagesse d'une grande de treize ans —, lui avait dit : « Je suis la Belle. Et toi, es-tu la Bête ? »

À présent, et à retardement, il avait envie de répondre à ce petit mais merveilleux spectre : « Non. La Bête se cache entre les piles de livres, et au troisième coup de l'horloge elle viendra s'abreuver. »

Alors ce fut fini, les livres furent tous disposés en cercle, formant l'anneau de ses enfances remémorées et, à l'intérieur de lui, l'anneau de tous ces visages retrouvés, qui avaient échappé à la mort et portaient des noms sentant l'automne et l'été.

1. Comme dans *Huckleberry Finn*, bien sûr. (*N.d.T.*)

Il resta là un long moment, puis un autre long moment, immobile, puis ramassa un par un tous les livres qui avaient été siens, et qui l'étaient encore, les ouvrit, les lut, les referma pour mieux en prendre d'autres, et ainsi de suite jusqu'à parvenir à l'extrémité du cercle extérieur, sur quoi il alla effleurer, tourner les pages et découvrir le radeau sur le fleuve, la lande de genêts où vivaient les tempêtes, et puis le pré, royaume du cheval noir de toute beauté ainsi que de sa belle cavalière. Derrière lui, il entendait la bibliothécaire battre tout doucement en retraite pour le laisser en compagnie des mots…

Un grand moment plus tard il s'adossa, se frotta les yeux et contempla la forteresse, l'encerclement, l'*oppidum* de livres qui l'entourait, et hocha la tête, les prunelles humides.

« Oui. »

Il entendit la vieille dame se déplacer dans son dos.

« Oui quoi ?

— Oui, c'est vrai, ce que vous avez dit sur Thomas Wolfe, et le titre de son livre. Tout est bien là. Rien n'a changé.

— Et rien ne changera, tant que je serai là pour l'empêcher.

— Alors ne vous en allez jamais.

— D'accord, mais il faut venir plus souvent. »

À cet instant, au bas de la ville, pas si loin que cela, un train lâcha un coup de sifflet. La vieille dame demanda : « C'est le tien ?

— Non, mais peu s'en faut. » Il alla faire le tour des petits monuments qui se dressaient bien haut et les referma les uns après les autres ; ses lèvres formaient silencieusement ces titres venus du passé et tous ces noms, si vieux eux aussi, et si chers à son cœur.

« On est vraiment obligés de les remettre sur les étagères ? » demanda-t-il.

Elle regarda le jeune homme, puis le double cercle de livres, et au bout d'un long moment déclara : « Demain, cela suffira. Pourquoi ?

— Peut-être, fit-il, peut-être que pendant la nuit, grâce à la couleur de ces lampes, ce vert, cette jungle, peut-être que les créatures dont vous parliez tout à l'heure sortiront tourner les pages en soufflant dessus. Et peut-être aussi que...

— Que quoi ?

— Que mes amis, ceux qui se cachent entre les piles de livres depuis toutes ces années, vont sortir aussi.

— Mais ils sont déjà là, répliqua-t-elle avec douceur.

— C'est vrai, opina-t-il. Vous avez raison. »

Il nc pouvait toujours pas bouger.

Elle se replia à l'autre bout de la pièce sans faire de bruit ; puis, quand elle arriva devant son bureau, elle lança un appel — le dernier de la soirée.

« On ferme. On ferme, les enfants. »

Elle éteignit et ralluma rapidement les lumières — allumé, éteint, entre les deux. Un crépuscule de bibliothèque.

Le jeune homme s'écarta de la table et du double cercle de livres, et vint dire à la vieille dame : « Je peux m'en aller, maintenant.

— Oui, fit-elle. Oui, William Henry Spaulding. Maintenant tu peux. »

Elle fit la tournée des lumières, une lumière, puis une autre, et il l'accompagna. Elle l'aida à enfiler son manteau et, sans y penser ou presque, il lui prit la main et déposa un baiser sur ses doigts.

Ce fut si soudain qu'elle faillit éclater de rire ; pourtant elle préféra dire : « Te souviens-tu de ce qu'Edith Wharton a dit le jour où Henry James a fait ce que tu viens de faire ?

— Non, quoi ?

— "Ça n'a de goût qu'au-dessus du coude." »

Ils partirent tous deux d'un grand rire, puis il tourna les talons et descendit les marches de marbre menant aux vitraux de l'entrée. Une fois au pied de l'escalier, il releva les yeux sur elle.

« Ce soir, avant de vous endormir, rappelez-vous le surnom que je vous donnais quand j'avais douze ans, et prononcez-le à voix haute.

— Je ne m'en souviens plus.

— Mais si. »

Au bas de la ville retentit à nouveau le sifflet du train.

Le jeune homme ouvrit la grande porte, franchit le seuil et disparut.

La main sur le tout dernier interrupteur, la vieille

dame contempla le double cercle de livres, tout là-bas, sur la table, et songea : *Comment était-ce, déjà, ce surnom ?*

« Ah, oui », fit-elle un instant plus tard.

Puis elle éteignit la lumière.

Composition NORD COMPO
Impression Novoprint
à Barcelone, le 12 mars 2012
Dépôt légal : mars 2012
Premier dépôt légal dans la collection : décembre 2004

ISBN 978-2-07-030530-8./Imprimé en Espagne.

243332